齢5000年の草食ドラゴン、いわれなき邪竜認定

～やだこの生贄、人の話を聞いてくれない～

榎本快晴
illust. しゅがお

どうぞこの私を
お召し上がりください
邪竜様
レーコ
洞窟の麓にある村から
“生贄”として捧げられた少女。
目の前の巨竜を「邪竜レーヴェンディア」と
信じて疑わない。

いやあ、そう言われても困るのう
わしって草食なんだけど

我が名はアリアンテ・ソルド・シルヴィエ
魔王様の忠実なる剣が一振り
命はここで果てようも、
手傷の一つは覚悟してもらうぞ
老竜!!
アリアンテ
冒険者の集う街
「ペリュドーナ」を束ねる
女騎士

ああ、こりゃ
死んだわ

困ってることがあったら
何でも相談してね

わたしは優しくて純粋で
親切な町の子供だから、
たとえば道案内だって全然大丈夫っ！
水の聖女
水路に囲まれた町
「セーレン」で出会った女の子。
少女の姿をしているが、
その正体は――？

CONTENTS

A gentle dragon of
5000 years old.
it was recognized
as an evil dragon without any cause.

齢5000年の草食ドラゴン、いわれなき邪竜認定

～やだこの生贄、人の話を聞いてくれない～

榎本快晴

角川スニーカー文庫

20758

口絵・本文イラスト／しゅがお

口絵・本文デザイン／百足屋ユウコ＋たにごめかぶと（ムシカゴグラフィクス）

齢5000年の草食ドラゴン、いわれなき邪竜認定

~やだこの生贄、人の話を聞いてくれない~

榎本快晴
illust. しゅがお

A gentle dragon of
5000 years old, it was recognized
as an evil dragon
without any cause.

第1章 いきなり生贄少女がやってきた

「どうぞこの私をお召し上がりください邪竜様」

「いやあ、そう言われても困るのう。わしって草食なんだけど」

鍾乳石《しょうにゅうせき》の連なる山奥の洞窟に、たいまつの明かりが一本だけ燃えている。頭上に炎を掲げているのは、薄絹の貫頭衣を身に纏《まと》った十歳ほどの少女である。

「——私ではお気に召さないということでしょうか」

「お気に召すとかそういうんじゃなくてね……わし、肉は基本ダメなのよ。魚もほとんどダメ。柔らかい木の新芽とかが好き」

「不肖ながら、私も肉は柔らかい方ではないかと自負しております。ぜひ一度ご賞味あれ」

「いやいやいやいや。お主、おかしくない？　なんでそんなに食い下がるの？　食べられたら当然死んじゃうのよ？」

「もとより覚悟の上です」

「えぇ……なんでそんな覚悟してるの。わしに食べられても特にメリットとかないでしょ」

少女は跪《ひざまず》いたままに頭を深く下げた。

「謙遜でもそのようなことを仰《おつしや》らないでください、邪竜様。貴方《あなた》ほど偉大な方に貪られるのであれば、私は本望でございます。ですが——どうか、私の命と引き換えに、魔王を討つ助力をいただきたいのです。今は魔王軍の最高幹部として君臨する貴方ですが、その真の力は魔王すら凌《しの》ぐとの評判です。我が命をもって、貴方の力を人類に貸していただきたいのです」

「え？　わし、魔王軍の幹部ってことになってるの？」

とんだ初耳である。わしは生涯五千年くらい、ずっと草木を食っていただけなのに。

そりゃあ図体《ずうたい》はでかいから、動物とか人間に会うとえらく怯《おび》えさせてしまうけれど、別に凄《すさ》まじい力があるわけではない。この歳《とし》まで無事に過ごせてきたのも、強さではなく性格の臆病さと単純な幸運ゆえである。

強いていうなら、長年の経験のおかげで相手の強弱とかを見抜く眼力だけは少し磨かれたかもしれない。でも、誇れるものは本当にそれくらいだ。

「お願いします。どうぞ力をお貸しください。私の身はどうなっても惜しくありません」

「うん……気持ちは立派だと思うけどね。わしってそんな大それた存在じゃないのよ。ドラゴンっていうよりは図体の大きい長生きのトカゲみたいなものでな。なんか少し噂《うわさ》に聞いたことがあるんじゃけど、魔王軍って強いんでしょ？　わし、そんなのと戦ったらすぐお陀仏《だぶつ》じゃから。お主だってまだ若いんだし、そんな風に命を粗末にしないで早く家に帰りなさい。親御さんも心配しとるじゃろ」

「天涯孤独な身の上ゆえ、悲しむ者はおりません。よしんば村に戻ったところで、役を果たせず逃げ戻った贄《にえ》の行く末など知れております。いずれにせよ死しかありえないなら、ここで邪竜様の糧となりたいと思います」

「だからわし、邪竜ってわけでもないし、そもそも肉は食わんよって。食べ物なら甘い樹液を壺《つぼ》にでも集めてくれた方がよっぽど嬉《うれ》しいんじゃけど」

「そして壺の中に私が浸《つ》かれば一呑《ひとの》みにしていただける――と」

「なんで最後に台無しにしちゃうの。そんな風に味付けされても食べられないって」

「恐れながら申し上げますが、食べず嫌いはよろしくないかと思います」

「どういう心境で言っとる言葉なのそれ？　というかお主、なんだか手段と目的が逆転してない？」

そもそも生贄になるのは機嫌を取る手段であろうに、食べられること自体がこの子の中で最終目標となっている気がする。

わしは洞窟の中で大きく身じろいで、近くに溜《た》めてあった木の新芽を少女の前に積んだ。

「ほれ。わしの好物はこんなの。お主を食べるような趣味はないの」

「私の身体《からだ》は食べないということですか……」

現物を見てようやく納得してくれたらしい。

「ん。そういうこと。もしこのまま帰って怒られるなら、わしが付き添ってやってもええしの。とにかくわしは争い事なんてできないから――」

「では、身体ではなく魂の方を召し上がるということですね」

「お主の発想、なかなかぶっ飛んどるなあ。魂ってどうやれば食えるのか想像も付かんよ」

ここでわしは、たいまつの光に照らされる少女の顔を改めてよく見た。

生贄とされるためか、白い肌は清められて香の匂いを漂わせている。ただ、その目はどこか虚《うつ》ろな闇をたたえていた。天涯孤独という境遇がそうさせるのだろうか。

単にそこらの孤児を選んだというわけではなさそうだ。長年培った眼力で分かったが、微《かす》かにだが魔力の気配を纏っている。魔導の素質を持つ人間はそう多くない。生贄にふさわしく才ある子供を選んでここに送ったのだろう。

わしが見ていると、少女は衣の内から宝石飾りのついた短剣を取り出して、おもむろに自分の喉笛に突きつけた。

「今、私の魂を捧《ささ》げます。しばしのお待ちを」

「わ、待って。ちょっと待ってお主。そんなことしなくてよいから。ていうかしないで」

「しかし、命を絶たねば魂を捧げられません」

「何度も言うけどわしはそんなもの食わんから。お主が死んでも困るだけじゃって」

「ご心配なく。でしたら後始末の手間をかけぬよう、墓穴を掘ってからその中で死にます」

「どうしてそう死ぬこと前提で話を進めるかのう。わし、五千年生きてて今が一番困惑しとるよ」

「私は何が何でも生贄としての責を果たさねばならぬのです。それが村の人々から与えられた役割ですので。何としても食していただかねば」

こりゃあすごいのがきた。

わしはほとほと参ってしまう。もちろん食べるつもりなんて毛頭ない。かといって、このままこの場で自殺をされても嫌だ。

どうしたものかと考えた挙句、わしは妙案に至った。

「……ああ、分かった分かった。それじゃあもう今食べた。わしほどの竜になるとな、生きたままでも魂を食えるんじゃ。お主の魂を今ちょこっとだけ食べて満足したでな」

少女はきょとんと目を丸くしてから、

「本当ですか？　食べられたのですか？」

「ん。そうじゃよ。あ、でもあんまり心配はせんでええからの。寿命が二日縮むくらいしか食っておらんから。お主の魂はたいそう美味だったゆえ、それだけで満足してしまったわい」

「食べられた……それでは私は邪竜様の眷属《けんぞく》になったわけですね」

「ん？」

　わしは首を傾《かし》げた。この少女の論理構造がよく分からない。

「まあ、そういうことでもええかの。ともかく、お主を村に送り返そう。裸足《はだし》では怪我《けが》をするじゃろうから、わしの背中に乗ったらどう？」

「そんな。邪竜様の手を煩わせるなど……はっ。なるほど。眷属となったからには私と邪竜様は一心同体。我が身体は邪竜様のものであるがゆえに気遣いは不要ということですね」

「よく分からんけどそういうことでええよ」

　乗りやすいように身を伏せて、尻尾を階段のように差し出してやると、少女はひょいひょいと軽い身のこなしでわしの背に登ってきた。そのままぺたりと正座して、

「それでは行きましょう邪竜様」

「村ってどのへんかの？　わしここ最近山から出てなくて道に疎いの。適当に案内お願いね」

　ずしんずしんと足音を立てて洞窟を抜け、比較的歩きやすい道を通ってのんびりと人里に下りていく。草木が真新しく刈り払われた跡があるのは、この少女をここに送り届けた村人たちの仕事かもしれない。

　山道ですれ違う獣たちは、こちらを見るなり逃げていく。中には、供物のつもりか狩りの獲物を置いていく肉食獣もいた。

わし、そんなの食べられないのに。


足音はほとんど地響きのように聞こえるのだろう。木張りの防壁に囲まれた村が見えたころには、唯一の入口と思《おぼ》しき門のそばで村の男衆が出迎えのように集結していた。

実際は出迎えというよりも、邪竜（ということにされている）わしを警戒しての臨戦態勢だろう。誰も彼も、腰や背に弓矢を隠し持っているのが見える。

あれを一斉に射られたら、たぶんわしは死ぬか、よくても大怪我をしてしまう。怯えた仕草を見せるのもまずいので、敢《あ》えてふんぞり返って自信満々に村へと踏《ふ》み入る。

「お主らがこの贄を運んだ村の者どもか？」

わしが村人たちに顔を近づけると、村長らしい白髪の老人が恭しくこちらに礼をした。それから、わしの背にいる少女をおずおずと見上げて、

「そ、そうでございます邪竜様。まだ召し上がられていないということは、何か至らぬところがございましたでしょうか。それならば早急に別の生贄を用意いたしますが……」

極めて怯えた仕草で言ってくる。それにわしは即答する。

「無用じゃ。この者の魂は生きながらにして既に喰《く》らわせてもらった。世に二つとなき美味であった。わしはしばしこの美味の余韻に浸りたい。ゆえに、これ以上は下賤《げせん》な味を運

ばぬように心得よ」

「し、承知いたしました。それでは、魔王の討伐にお力添えをいただけるという話は――」

あ、と本題を思い出してわしは表情を硬くした。鱗《うろこ》に覆われているので人間たちには悟られなかったようだが、内心ではめちゃくちゃ焦った。

「う、うむ。その辺はおいおい考えるとして、少なくともわしがお主らに危害を加えることはないと約束しよう」

下手に危害なんて加えようものなら返り討ちだし。

村人たちはしばらく顔を見合わせてざわついていたが、少なくとも生贄が多少なりの成果を上げたのだと理解すると、連鎖するように安堵《あんど》の表情を広げていった。

そのときだった。

どこからともなく飛んできた石が、「ごつん」っとわしの側頭部に命中した。かなり痛くて涙目になりかけたが、ここで隙を見せれば蜂の巣になるのは目に見えていたので、ぐっとこらえて石の飛んできた方に向く。

「この化物め！　よくもレーコを食ったな！　覚悟しろぉっ！」

材木らしい木の棒を剣のように握って、こちらに突進してくる少年の姿があった。身なりは上等で、金色の髪はよく整えられている。村の中でも上流の家の子弟だろう。

しかし今は少年の素性うんぬんよりも、あの材木が問題だった。殴られたら間違いなく怯《ひる》んでしまう。怯んだら終わりだ。弓矢の嵐が待っている。

どうするか。戦うという選択肢は臆病者のわしに存在しない。となれば、いかに威厳を保ちつつ逃げるか――

だが、わしが逃げるよりも先に村の大人たちが次々に飛びかかって、少年を地に押し伏せた。

「た、大変申し訳ありませぬ邪竜様！　この無礼な小僧はすぐにでも打ち首にしますゆえどうかお許しを……！」

「よい、よい。本当によいから。そんな風にナタをふりかざすのはやめて。わしは全然怒っとらん。あんな小石が当たったくらい、そよ風ほどにも感じぬからな」

実は結構痛かったけれども。

「ところでそこの少年、レーコというのはこの生贄《いけにえ》の子の名前か？」

わしが尋ねると、少年は押さえつけられたまま答えた。

「そうだ！　てめえ許さねえからな！　レーコの魂を食って抜け殻にしちまったんだろ！」

「いやいや、ほんのちょびっとしか食うとらんよ。寿命二日分くらい。全っ然大したアレじゃないからそう心配するでない。ほれ、レーコとやら。下りて元気な姿を見せてやるがいい」

「僭越《せんえつ》ながら」

わしの尻尾を下って、生贄の子が地に下りた。これで文字通り肩の荷が下りた。

「それじゃ、わしはこれでお暇《いとま》するよ。その子も生贄としての役割を十分に果たしたので、決して冷遇するでないぞ。魔王討伐の件については考えがまとまったらいずれ話そう」

言いつつ、わしはねぐらを移す算段を練っていた。話が具体的になる前に、別の場所に逃げて隠遁《いんとん》しよう。今の洞窟みたいに、わしの巨体がそのまま入れる好都合な根城はなかなか見つかるまいが、この場をごまかすにはそれしかない。

村からの去り際に、弓矢の不意打ちがないか心配しつつ少しだけ振り返ると——大人たちを振りほどいた少年がレーコに駆け寄っていた。微笑《ほほえ》ましい友情である。

「大丈夫か？　無事か？　あの化物にひどいことされなかったか？」

「だめ。ライオット」

それはあまりにも唐突な動きだった。洞窟で見せた宝石の短剣を、レーコは少年に向けてかざしていたのだ。

「化物ではない。邪竜様。次にそんな呼び方をしたら、私はあなたを討たねばならない」

「れ、レーコ？」

「この身は既に邪竜様の眷属。あの方を愚弄するならば何人《なんぴと》たりとも容赦はしない」

急転直下の怒涛《どとう》の修羅場にわしはたまらず引き返した。

ずしんずしんと戻って来る地響きに村人たちが慄《おのの》く。

「ちょっと待って。ええと、レーコじゃったかの？　わしに対してそんなに気を遣わなくてよいから」

「何を仰《おつしや》います。私と貴方様《あなた》は一心同体です。邪竜様への侮辱はすなわち私への侮辱でもあります。看過はできません」

何を言っているのだろうこの子は。いや、生贄にすごく乗り気な時点で妙な子だとは思っていたけれど、予想以上である。

わしは奇矯な言動の根幹を探らんと、長寿の功たる眼力を最大限に働かせてレーコを見つめる。見定められるのは強さだけではない。個々人の性格や特性といったものも、ある程度は推測できる。表情の動き。声色《こわいろ》。呼吸。眼差し。それらすべてから総合的に判断したレーコの特性は――


『思い込みが非常に激しい』


しくじった、と心から思う。ずいぶん個性的な子だとは分かっていたはずなのに、変に話を合わせてしまったせいで色々とこじれ始めている。

ほら、金髪の少年なんか憎しみに満ちた目でわしを見ている。

わし、そんな風に人間を操ったりできないから。自発的にその娘がノリでおかしくなってるだけだから。お願いだから許して。

敵愾心《てきがいしん》剝《む》き出《だ》しで再び大人たちに押さえつけられた少年は、喉を鳴らして叫ぶ。

「その化物だけじゃねえ！　親父《おやじ》も爺《じい》さんも、よくもレーコだけに辛《つら》い目を押し付けやがったな！　生贄なら俺をやればよかっただろ！」

「何をバカな！　跡継ぎのお前を生贄なぞにやれるか！　それに邪竜様もレーコの魂が気に入ったと仰られているではないか。あの娘は生贄として最良のものを高値で仕入れてきたのだ。それを使わぬ手がどこにある」

「何が『生贄に最良』だ！　家畜じゃあるまいし、そんな人間いてたまるか！」

なおも少年と大人たちはぎゃあぎゃあと喚《わめ》きあっている。

事態をややこしくした良心の呵責《かしゃく》はあるが、仕方ない。ここは尻尾を巻いて逃げるとしよう。レーコもしばらく村で暮らせば変な思い込みも抜けていくことだろう。今のは場酔いみたいな一時のノリだろう。

「さらば」

言い残すと、村人たちは軒並みひれ伏した。ちなみに弓矢を持った村人たちに背を向ける時点で心臓はこれ以上なくバクバクいっている。

だから、村に半鐘が「かーん！」と鳴り響いたときには、思わず驚いて飛び跳ねてしまうところだった。

村長の老人が叫ぶと、半鐘の吊《つ》るされた見張り台の上から若者がほとんど悲鳴にも近い声を発した。

「大変です！　魔物が……！　暗明狼《クラガリオオカミ》の群れが山から下りてきています！　これまでにない大群で……三十……四十……いえ、それ以上が！」

人々の間からどよめきが上がり、何人かが慌てて門を閉じに走った。

わしも伊達《だて》に長年逃げ回って生きてきたわけではない。それなりに魔物の知識は持っている。

暗明狼。常に複数頭で行動し、人間や家畜を襲《おそ》う魔族である。ただでさえ数が多い上に、その特殊能力はさらに厄介さを倍増させる。地に映る彼らの影は、そのまま影の狼として意志を持って這《は》いまわり、爪牙《そうが》で捕らえた獲物を地の闇に引きずり込むのだ。

すなわち、四十頭が相手となれば四十頭の影狼も付随する。相手は実質倍の八十頭だ。

逃げよう、とわしは即断する。

しかし、わしの背後からひしひしと注がれる期待の視線がそれに待ったをかけてきた。

「邪竜様……！」

「どうか我らにご助力を！」

助力ったって、どうしろというのだ。

わしは心の底から震え切っていた。

「おいてめえ！　レーコの魂食ったってのに逃げる気か!?　ふざけんじゃねえ！　あんな糞狼なんかに怯えてて何が邪竜だ！　俺がぶっ殺してやるからな！」

なるほど。ここで逃げてもぶっ殺されるらしい。

昨日までのんびり草を食ってるだけだったのに、なんなのこの扱い。もうやだ。

「ああ――村の長《おさ》よ」

とうとう観念したわしは村長に向く。

「奴らにわしから話をしてみよう。なんなれば引かせることもできるやもしれん」

「まことにございますか!?」

魔王軍の幹部と思われるくらいわしには風格があるらしい。森の獣たちも普段から見てくれで怯えているくらいだ。もしかすると威厳だけで逃げて……くれるといいなあ……と希望的観測で思う。

逃げてくれなかったら今日が五千年の生涯で最期の日だ。

暗明狼たちは人の気配を察してか、入口の門の周辺に集いつつあった。わしが首を伸ばすと閉ざされた門扉の上から様子を窺《うかが》うことができる。ウヨウヨと門前を白黒の狼が跋扈《ばっこ》するその風景は、さしずめ地獄絵図だった。

「……それでは邪竜様。ただ今門を開けます。よろしいですな？」

と、生唾をごくりと呑《の》み込んだ村長が迫真の表情でわしに尋ねてくる。

「えっ。全然よろしくない。そんなの危ないからダメに決まっ――」

しかし、わしの答えを待たずに村の衆が閂《かんぬき》を引いて門を開け放ってしまう。

「おらぁ！　貴様ら邪竜様のお出ましだぞ！　下がれ下がれぇ！」

まことに意気揚々である。さっきまで怯えていたのに、わしを味方に付けた途端イケイケムードにならないで欲しい。人としてどうかと思う。

いきなり活気立つ村人たちの気配に、狼の群れがやや下がって距離を置く。

――あ、でもこれはいけそう？

少しだけ生まれた余裕にわしは微かな希望を見出《みいだ》す。

「あー……ぬしら、わしが誰か知っての狼藉《ろうぜき》か？」

語りかける。狼たちは涎《よだれ》を垂らして品定めの目線を寄越《よこ》すばかりで応答する様子がない。

「わし、魔王軍の幹部なんじゃけど」

次いでハッタリをかます。されど、意気を取り戻したか、狼どもは目をギラギラと光らせて再び村へとにじり寄って来る。

ごめん、村人たち。やっぱりもうダメだ。だってこいつら話通じないみたいだもん。

棒立ちになるわしに、なおも村人からの熱視線は衰えない。

誰かわしを助けて欲しい。このままだと最前列で真っ先に餌食になってしまう。

そのとき、いきなりわしの背中に跳び乗ってくる重みがあった。

「なるほど邪竜様。つまりこやつらは、我々の魔王への反旗を翻して襲来したというわけですね」

声で分かる。生贄の少女、レーコだ。足場もなしに一体どこから乗ってきたのか。

「いやたぶん偶然じゃと思うけど。ていうかもうダメじゃって。ムリムリムリ、わし限界」

「そうですね。眷属《けんぞく》たる私も同じく限界です」

レーコは貫頭衣の内から宝石の短剣を抜いた。


「邪竜様に殺気を向ける、この愚かしい獣どもに存在を許していることが――限界です」


「はい？」

わしが戸惑った瞬間、突如としてレーコの身から莫大《ばくだい》な魔力が迸《ほとばし》った。普通の人間でも目視できるほど濃密な黒い魔力の渦が、吹き荒れる風のごとき豪圧を伴って周囲に放散される。

え、何事？

確かにこの子には魔力の片鱗《へんりん》はあった。しかし、あくまで片鱗である。今こうして背中に感じるのは、五千年の生涯で数えるほどしか見たことのない、大魔導士と呼ばれる者たち――いや、それ以上の圧倒的な魔力の塊である。

さしたる眼力を持たぬ村人たちも、レーコが発する尋常でない気迫に次から次へと腰を抜かしていく。

もしかして、あの奇矯な思い込みだけで潜在能力を全部解放したのだろうか？

「我が身と魂は邪竜様に捧げしもの。既に人の身にはあらず。貴様らのような下賤《げせん》な獣ごとき、邪竜様がじきじきに相手をする価値もない。眷属たるこの私が瞬時に消し去ってくれる」

あっ、ヤバい子だ。幼い声にドスまで効かせて、自覚もなしにノリノリである。

わしの背中から鮮やかな宙返りで狼たちの前に舞い降りたレーコは、怪しい笑みを浮かべてわしに振り返った。

さっきまで普通の黒い瞳だったはずが、わしの瞳と同じ蒼《あお》色に変貌していた。

わしは引いた。かなり引いた。もはや狼よりもこの子の豹変《ひょうへん》が怖かった。

「来るがいい、獣どもよ。せめて楽に葬ってやる」

レーコの挑発と同時に、暗明狼たちの姿が掻《か》き消えた。いいや、消えたのではなく、わしの眼《め》にはっきりと見えなかっただけだ。

思えば、地上でちかちかと瞬いた白い残像が狼の本体で、地面で蠢《うごめ》いた黒い残像が影の狼だったのだろう。

しかし、そう気づくことができたのは、すべてが片付いてからだった。

わしが冷静になった頃には、レーコが横薙《よこな》ぎした宝石の短剣から莫大な魔力が放たれ、獣の群れを跡形すら残らぬ灰塵《かいじん》に変えていた。

後に残っていたのは、地面に刻まれた巨大な爪痕のごとき斬撃の傷だけだ。


「『竜王の大爪』――邪竜様の力の片鱗、思い知ったか」


わしの爪、小一時間かかってギリギリ木を切れるくらいなんですけど。

完全にわしがビビっていると、ふいにレーコが膝から崩れ落ちた。慌てて駆け寄ったのは、例の少年だけだった。他の奴らは（わし含め）あまりの衝撃的な事態に身動きもできなかった。

さっきまでやいのやいのと騒いでいた男衆も、邪竜の（実際はレーコの）力を目の当たりにして石のような顔になっている。

「おいレーコ!?　大丈夫か？」

「ねむい」

「おい化物！　てめえ、レーコに何したんだよ!?　こんなことできる子じゃなかったぞ！」

できるようになってしまったのだ。恐ろしいことに。

わしも本音が許されるならば、人間の末恐ろしさについて語り合いたい。

「と、とにかく！」

手を叩《たた》いて場を収めたのは村長だった。

「邪竜様――いえ竜神様はこれにて魔王と矛を交えることになったのでしょう？　ならば我々は、その門出を盛大に祝うまでです。さあみな、宴の準備を！」

恐怖の余韻をふっ飛ばすようなカラ元気の号令が鳴り響いて、村人たちはバタバタと宴の準備に散っていった。その速さは半ば逃げ足じみていた気もする。

わしは少年からの恨みの視線をひしひしと感じながら、ただ一心に「洞窟に帰りたいのう」と思っていた。


門出の宴は華やぎつつも、どこか張りつめた雰囲気に覆われていた。

日の暮れた広場には火の粉を散らす篝火《かがりび》と、その周りで舞い踊る村人たちの姿がある。しかし、決して楽しげな光景ではない。彼らは総じて、遠巻きに伏せったわしをチラチラと窺っている。

満足な出し物ができねば食われるとでも思っているのだろうか。

わしは彼らと視線を合わせぬように篝火を眺めながら、新鮮な青草が食いたいと思った。

昼から何も食べていないが、生贄《いけにえ》の魂で満腹という建前上、何も食えぬまま高楊枝《たかようじ》である。

ぼんやりと火に照らされつつ、今日の出来事を振り返る。

——何か、わしは悪いことをしただろうか。

いいや、思い返してみても責められるようなことはしていないと思う。生贄の子が規格外にぶっ飛んでいたのが、この事態に陥った最大の原因である。未《いま》だわしの背中に正座したままのレーコに向けて、わしはできるだけ威厳を持たせて言う。

「のうレーコ。魔王とはわし一人で戦うからお主はこの村に残ってよいぞ。そして村を守るのだ」

「何を仰《おつしや》るのです邪竜様。眷属とは主と命運を共にするもの。邪竜様が魔王と鎬《しのぎ》を削るのならば、私は一本の鋭き爪として役を果たす所存です」

なんで無駄に忠誠心高いのこの子？

村に置き去りにできたらそのままトンズラできるのに。

ただ、ヤバい子といえどやはり膨大な魔力の覚醒に身体《からだ》が追い付いていないらしい。さっきから背中で急に重さのバランスが崩れるのは、眠気で右へ左へと身体を揺らしているからだろう。

「眠ってたらどうじゃの。そんなに無理して起きてなくても」

「主人を差し置いて寝る眷属はおりません……」

「そんなこと言わずに。ほら主として命令するから寝て」

「では仰せのままに」

ばたんっ、といきなり背中で重さが倒れ、わしは緊張からの解放にほっとする。しかし難儀だ。言うことを聞かせるには方便が必要だが、そのためには『邪竜様』という皮を被《かぶ》らねばならない。それはかえってレーコの思い込みを深めることになる。

鬱々《うつうつ》として悩んでいると、宴のまとめ役であるらしい壮年の男性が近寄ってきた。

「邪竜様、ご機嫌はいかがでしょうか？　これからも村人総出で邪竜様のために余興を捧《ささ》げますので、どうぞお楽しみください。失態を晒《さら》した者には死が待っていると言い含めてありますので、死力を尽くした極限の演技となるに違いありません」

「えぇ……いいって。そんな決死の覚悟で挑まないで。不憫《ふびん》になるだけだから」

「なんと！　さすが、魔王と違って慈悲深い！」

「わしの比較対象が魔王なのをどうにかしてくれんかの。……ところで、このレーコという娘のことで相談したいんじゃけど」

わしは尻尾で背中に眠るレーコを指し示す。

「な、何かお気に召さぬ点がございましたでしょうか？」

「いんや。特に文句があるわけじゃないんじゃけど。ほれ、わしがいなくなったらこの村を守る者がおらんくなるじゃろ？　その代わりにこの子を置いていこうと思うから、お主らも説得を手伝ってくれんかの？　なかなか頑固でわしについてくると言って聞かん」

「お気遣い痛み入ります！　しかし、その娘は既に邪竜様に捧げたものであります。魔王討伐の助けとなるならば、ぜひお連れ行きください。村の守りはどうとでもいたしますゆえ……」

わしは年季の入った眼力でじっと男を見据える。

表向きはへりくだっているが、実は心底レーコにビビっていると見える。魔物の襲撃を受けるよりも、村の中に魔物同然の存在を置く方が遥《はる》かに嫌なのだろう。

この子、普通に人間なんだけど。

下手な魔物より恐ろしいことに異論はないけれど。

「なら、少しばかり話をしたい者がおる。お主の息子を呼んでくれんかの？」

こちらは眼力に頼るまでもなかった。壮年の男性の髪はライオットと呼ばれていた反抗的な少年と同じく金色で、身なりもどこか似通っている。推察だけで十分に親子関係が窺《うかが》える。

が、息子の指名にあらぬ推測をしたのか、男はさっと顔を青くした。

「わ――私の息子が邪竜様に大変な無礼を働いたのは事実であります。ですが、どうか命ばかりはお許し願えないでしょうか。何となれば引き換えに幾人でも他の生贄を用意いたしますので……」

「そういう物騒な話じゃなくてな。わしはちょっとあの息子と話がしたいだけなのよ。見た限り、あの子が一番レーコと親しかったみたいじゃし、眷属の人柄はよく聞いておきたいもんじゃろ？　あ、でも暴れられたら面倒じゃから縄で縛ったまま面会させてな」

また襲い掛かられたら今度こそ弱いのを隠せないし。

少年の父は悩んでいたようだったが、やがて諦めたように肩を竦《すく》めた。

「それでは、こちらへどうぞ。今は厩《うまや》に閉じ込めてあります」

「そこまでせんでもええのに。まだ夜は冷えるじゃろ」

案内された先は本当に粗末な馬小屋だった。上流の身分の子弟がこんなところに押し込められるとは、相当に村人の怒りを買ったのだろう。あるいは、わしに対して反省をアピールするためかもしれない。

と、そこに。

「おや、どうされましたか邪竜様。それに司祭まで。やはり門出の祝いにご子息を捧げるのですかな？」

まるで待ち構えていたかのように、厩の陰から出てくる人物があった。驚きを隠しつつよく顔を見れば、先ほどの村長だった。

「ち、違う。邪竜様はライオットと話がしたいだけだと仰られている」

「しかし、あれだけの無礼を働いたのだ。よもや無事で済むとは思っておるまい。邪竜様、あの子供はこの村の司祭の一族の跡取りでしてな。粗野なところはありますが、魂は祈りによって洗練されております。もし宴に飽くことがございましたら、この吉日の晩餐《ばんさん》としてどうぞお召し上がりくださいい」

「村長！」

「黙れ司祭よ。いざとなれば身をもって人柱となるまでが貴様らの役目だろう。その跡取りがこともあろうに邪竜様に楯突《たてつ》きおって。償いにはここで食われて邪竜様の血肉になるしかないのではないか？」

いい大人同士の静かな舌戦の間で、わしは非常にきまずく佇《たたず》んでいた。

「あの。いいかの」

「ええい、言わせておけば！　あなたはうちの家が邪魔なだけでしょう！　この機に跡取りを排して、邪竜様の助けを得たという手柄を独り占めしたいだけだ！」

「ふん。そうかもしれんな。確かに、邪竜様に石を投げるような無能な司祭をこの村に残していたところで何の利もあるまいしな」

「お願い。わしのために争わないで」

大人二人がわしを置いて勝手にヒートアップしていく。仲裁しようにも聞いてくれない。困ったわしがオタオタしていると、二人の間に小柄な影が降ってきた。

目を覚ましたレーコだった。

「貴様ら、邪竜様の御前で耳障りな羽虫のごとき雑音を立てるな。それ以上騒ぐようなら我が爪で引き裂いてくれる」

痺《しび》れるような殺気を浴びせられて、大人二人は死人のように沈黙した。

「去れ」

そしてすごすごと去っていく。わしが止めようとしてもダメだったのに、言葉の放つプレッシャーが段違いである。

「ええと、レーコ？　起きたのね」

「はい邪竜様」

「じゃ、その馬小屋の中にあのライオットって少年がおるらしいから、外に連れ出してくれんかの？　わしは身体が大きいから入れんし。あ、縛られてるのはそのままでね。暴れられたら嫌だから」

「踊り食いもオツとは思いますが」

「お主まで食べること前提で話を進めないの。本当に話すだけじゃから」

「なるほど……。確かに食べるとあらば順序は私が先になるのが道理ですからね」

意思疎通に早くも齟齬《そご》が生じている。

レーコが厩の扉に手をかざすと、触れてもいないのに「キィイ……」と勝手に開いた。ホラーチックで怖い。なぜ普通に開けないのだろう。

月の光が差し込むと、ロープで全身をぐるぐる巻きにされた少年の姿が見えた。

「ライオット。愚かしい人の子よ。邪竜様に反逆した罰がその程度で済んだことを幸運に思うがいい」

「レーコ！　おい！　何言ってるんだ目ぇ覚ませ！」

同感である。今すぐに目を覚まして欲しい。わしは少年に対して強い共感《シンパシー》を覚えた。

芋虫同然の拘束状態であるライオットをレーコは軽々と担いで、ごろりとわしの前に転がした。

「……この化物め、俺を食う気かよ」

「どうして皆そう言うかのう。わしはそんな怖い魔物なんかじゃなくてね。ここに来たのもお主と話がしたいだけで——」

「話ぃ？　ケッ。てめえと話すことなんかねえよ」

「……ライオット」

レーコがしゃがんでライオットの両頬《りようほほ》をぐいぐいとつねり始めた。

「ひゃ、ひゃめろ！　ひてえだろ！」

「邪竜様への無礼は許さない」

「へ、へめー！　よくもへーこをほんな風にひやがったな！」

「仲ええんじゃの」

素直な感想を言ったつもりだったが、ライオットは不貞腐《ふてくさ》れたように顔を背けた。代わりに答えたのはレーコの方だ。

「いえ、仲はよくありません。この悪童は私が世話になっていた家の息子なので、恩義のある存在ではありました。ですが個人的にあまりよい扱いを受けた覚えがありません」

「え、お主この子を虐《いじ》めたりしとったの？」

「してねえよ！」

「嘘《うそ》はいけない」

またもやぐいぐいとレーコが頬を引っ張る。

「この悪童は、私を家から放逐しようと日々悪だくみを巡らせていたのです。生贄という名誉ある役割を命じられた私を、ことあるごとに見張りの隙をついては外に連れ出して、悪辣にも家から盗んだ路銀まで握らせて『二度と帰って来るな』と冷たく言い放つのです。何度私が家に戻ろうと、懲りずに何度も遠くの街に……」

「お主もそうとう大変だったみたいじゃの」

「思い出させせんな」

ライオットは少し涙ぐんでいた。二人の年頃はほぼ同じくらいだ。どちらも十歳ばかりといったところだし、身近に暮らしていて同情心も湧いたのだろう。

「もともと、生贄になるのは俺の予定だったんだよ。それをうちのクソ親父《おやじ》が、息子かわいさに他所《よそ》からレーコを連れてきたんだ。おかしいだろそんなの。うちが司祭としていい暮らしをしてんのは、いざってときに身体《からだ》張るためなのによ。その『いざ』で代理を立てちゃ話にならねえ」

「そうして欲しかったのう。来てくれたのがお主だったら話がこじれずに済んだのに」

だが、今からでも遅くはない。この少年ならレーコの性格を知っているからこちらの話を信じてくれるかもしれない。

「あのね落ち着いて聞いてくれる？　実はわし、邪竜なんかじゃなくてね」

「うるせえ言い訳すんな！」

ざくり、とライオットの眼前の地面に宝石の短剣が突き立てられた。

「邪竜様の話の邪魔をするな。黙って聞け」

できればお主にも黙っていて欲しい、とは怖くて言えなかった。

だが、ともかくも生まれた沈黙を活《い》かして、わしは滔々《とうとう》と一連の出来事の真相をライオットに語った。

結果。

「信じられっかよ。まあ……レーコがちょっと変わった奴だってのは認めるけどな。だけど思い込みだけであんな凄《すげ》え魔法が使えるようになるかよ。ははあ、分かったぞ。さては魔王に逆らうのが怖くなったんだろ？　レーコが勝手にしたことって言い張るつもりか？」

「じゃろうなあ」

そこがネックだ。あんなものを間近に見せられて「ただの思い込み」は通じない。当事者のわしだって未だに半信半疑なのだから。

「どうなんだよレーコ。こいつ、魔法が使えるようになったのは思い込みのせいだなんて言ってるぞ」

「ライオット。やはり愚かな子。何も分かっていない」

解せない。勘違いだという話をずっと聞いていたはずなのに、なぜか一番心得顔をしているのは他ならぬレーコだった。

「邪竜様はこう仰《おつしや》られているのだ。今日、私が使えるようになったのは邪竜様の力のほんの一片に過ぎないと。それこそ、単なる人間が思い込みで発揮できるほどに拙い児戯同然の技でしかなく――眷属《けんぞく》たるべくには、さらなる精進が求められると。ああ、なんとありがたきご忠言。この心に深く刻みます」

「お主が一番何も分かっとらんよぉ……」

わしは細い声で嘆く。数百年ぶりに泣きたかった。

どんな言葉を尽くそうと曲解に次ぐ曲解でポジティブな方向に持っていかれる。厳密にいえばポジティブなのかどうか知らんけど。

一方のレーコはぐっと両拳を握って、

「となれば先を急ぎましょう邪竜様。このような辺境の村に長居していても得られるものはありません。魔王を討つ修羅の旅路にあってこそ、私も眷属として一人前になることができるというものです」

「そう急がないでもうちょっとゆっくりしていかん？　わし、今日はもう疲れたのよ」

「ご冗談を。空をご覧ください、今宵《こよい》は満月ではありませんか」

「それがどうしたの」

「満月の晩において邪竜様の魔力は最大となる。そのような特別な晩に疲れたとは――初陣を終えたばかりの私へのお気遣いに感謝するばかりにございます」

「知らなかったのう。わしって満月の夜に強くなっちゃうのかあ」

わしの与《あずか》り知らぬ設定がどんどん増えていく。満月の夜なんてちょっと夜歩きしやすいとしか感じたことはない。

戸惑っているうちに、レーコは何食わぬ顔で背中によじ登ってきた。そのまま彼女は、横たわったライオットに向けて告げる。

「ライオット。家の人たちに、村のみんなにお礼をお願い。役目を貰《もら》って嬉《うれ》しかった。安心して欲しい。これから私は邪竜様と一緒に世界征服して、みんなが平和に暮らせるようにする。それまでが私の生贄《いけにえ》としての役目。そしてこれからの眷属としての役目」

「おい待て！　くそ！　ロープ外せ！」

「さあ邪竜様。夜の帳《とばり》が貴方《あなた》様の翼となりて、覇道の風を吹かせるでしょう――『影なる双翼』」

レーコが短剣を月に掲げると、夜の闇が触れられるほど濃密に凝縮し、次の瞬間には厳《いか》めしい漆黒の翼をかたどってわしの背に生えていた。

「邪竜様の偉大なる飛翔《ひしょう》に、私からも僅かなりの力添えをば」

その一言と同時に、ふわりと身体が浮かんで――生まれて初めて飛んだ。

重力が消える。月に向かって、夜の暗闇に包まれながらどこまでも上昇していく。

ちびるかと思った。

月を背にしたわしの旅立ちを万歳三唱で見送る村人たちの姿は歓喜に満《み》ち溢《あふ》れていた。

魔王討伐へのエールというよりは、危なっかしい邪竜が無事にいなくなってくれたことへの安堵《あんど》感という感じではあったけれど。

そんな半端に温かい見送りを受けてからしばしの時が経《た》った。浮かび始めて間もなかった月も、すっかり夜の中天に昇る頃だ。

あっという間に感じられたのは、初めての飛翔体験が楽しくて時を忘れたからでは断じてない。恐怖のあまり半分くらい意識が飛んでいたからである。

——で、これってどこに向かって飛んどるの？

夜風の恐怖にも慣れて——いや、麻痺《まひ》してきたわしの目下の関心はそこだった。さりとて、軽々に問うことは憚《はばか》られた。なんせ、思い込みだけで魔法を行使しているレーコである。仮にここで思い込みが解けてしまったら、とんでもない悲劇となるのは自明のことだった。

邪竜にあるまじき情けない態度を取っていてはあわや墜落だ。気絶していたのを悟られなかったのは幸運だった。

とはいえ、このまま放置するわけにもいかない。

下手すれば魔王の本拠地までまっしぐらかもしれない。場所はどこにあるか知らないけれど、この子なら『邪竜の千里眼』とか適当な技名を捻《ひね》り出して探知しかねない。

どうにかして安全な場所に誘導せねば、待っているのは地獄だ。

わしは精一杯に邪竜らしい声色を作って、

「レーコよ。正直に言うと、わしの力は往年よりも衰えている。隠居しておったゆえに、戦の勘も錆《さ》びついた。反対に魔王はその力を充溢《じゅういつ》させ、方々に軍勢を伸ばしている。今すぐに衝突しても勝ち目は薄かろう」

「やはり魔王とは邪竜様をしても一筋縄ではいかぬものですか」

「うむ。だが、それが好機でもある。行き過ぎた支配は反発を生むもの。人間の中にも魔王に抗おうとする者は数多くいよう。わしは彼らと手を組もうと思う」

「……なるほど。邪竜様には遠く及ばぬ者どもとはいえ、数が揃《そろ》えばそれなりの戦力にはなりましょう」

「故に、まずはそうした戦士の集う街を探す。わしは今の人間界に疎くてな。よい街を案内してくれんか」

「承知しました。私も世間のことはほとんど知らないのですが、邪竜様の命とあらばいかな場所だろうと探し当ててましょう。――開け第三の目『邪竜の千里眼』」

ネーミングまで見事に正解。わしもだいぶこの娘の癖を摑《つか》んできたようである。

となると、この路線で誘導して正解だった。何もしていなかったら当初の予想通り魔王の本拠地へ一直線だったろう。

「見えました。ここから北東に向かうと『ペリュドーナ』という名の大規模な街があります。なかなかの手練《てだ》れが多く、街自体も城壁に囲まれた要塞となっており、関所の審査はかなり厳しいようです。また、周囲に比べて安全な分だけ物価は高く、商人ギルドはそれを利権としてモグリの行商や闇市の排除に躍起になっています。一方で、街に繁栄をもたらしている冒険者ギルドは蔑《ないがし》ろにされているのではないかという不満を募らせており、近年では対抗として冒険者が公然と主催するバザールが開かれ、街は商人派と冒険者派で二分されている状態です。近年の問題としては地下水路の老朽化に伴う水質および衛生状態の悪化が挙げられ、医療系の白魔導士や水質浄化に詳しい錬金術師が遠方から招かれていますが、地下水路の抜本的な改築工事は未《いま》だ成されていません。というのも、地下水路の環境を整備すると、そこが魔物の侵入口になりかねないという懸念が……」

「そのへんでええよ。場所探るだけかと思うとったら本当に千里眼なのね」

まさか街の内情まで千里眼するとは思わなかった。

「出すぎた真似《まね》をして申し訳ありません」

「いやいや構わんよ。しかし、物価が高いのは憂いの種じゃの。こんなことなら村でちょいとでも金を恵んでもらえばよかったわい」

「それでしたら心配ありません」

そう言って、レーコは貫頭衣の襟首に手を入れて、宝石飾りの短剣を取り出した。

「これを売り払えばいい値になりましょう。ライオットの家に伝わる宝だそうです」

「えっ。家宝って、そんなの売ってええの？　わしへの捧げものっていうことだったら、貰ってもいいのかもしれんけど――」

「捧げものではありませんが、構いません。魔を祓《はら》う力があるということで、私が生贄にされる前にライオットが『これで邪竜なんか刺して逃げろ』と握らせてくれやがったのです。そんな不敬な意図で託された短剣など金銭に換えてなんら問題ありません」

「問題あるからやめといて。そんなことなら返しておけばよかったのう。絶対売っちゃダメよ、バチ当たりそうじゃから」

　それに、なんだかんだ肌身離さず持っているところからして、本心では友の形見として大事に思っているのかもしれない。ライオット死んでないけど。

「ま、ともかく行ってみようかの。そこでレーコには一つ頼みがあるんじゃが」

「何なりと」

「わしが邪竜と称して冒険者の街なんかに行ったらまず間違いなく袋叩《ふくろだた》きじゃろ？」

「――そして五秒で街を灰に」

「せんから。そんなことするなら街に行く意味がなかろうて。じゃからの、温和に話をするために邪竜とは明かさぬようにしたいのよ。わしのことは、あくまでお主の使い魔ということで通すこと。竜遣いの魔導士とでも名乗って、穏便に仲間を募るのじゃ。よい？」

「わ、私が邪竜様の主を演じると……？」

　会ってから初めて、レーコの声に動揺の色が混ざった。

「そうそう。できるじゃろ？」

「ま、真に申し訳ありません。私ごときが畏れ多くも邪竜様の上に立つなど、たとえ演技だろうとできません」

「そう気に負わんでええよ。話しにくければ敬語のままでもええし。ただ、わしを必要以上に持ち上げるような言動はやめて欲しいの。特に邪竜様って呼ぶのだけは絶対やめて」

ここに、わしの僅かな希望があった。

冒険者に混じって常識を学ばせつつ、邪竜扱いをやめさせることでだんだんと違和感に気付かせていく。しばらく平和に過ごせば、憑《つ》き物《もの》も落ちてまともになってくれるかもしれない。その暁にはレーコを人里に帰そう。

そしてわしは平穏無事に山奥へ帰るのだ。

「……分かりました。邪竜様の命とあらば、努力はしてみます。足らぬ点があればどうぞご容赦を」

「珍しく自信がないのう」

「はい」

レーコは不安げだったが、ともかく策は上手《うま》くいったようだ。自然と翼が北東に針路を向け始める。このまま冒険者の街に着いて計画が順風満帆にいけば、意外とすぐ万事解決かもしれない。

「そういえば邪竜様。さきほど、街の情報をお伝えするときに少々言い忘れたことがありまして」

「ん？　あんまり細かすぎる情報はいらんよ。どうせ覚えきれんし」

「そうですか。では、到着した折にでも改めて」

そのまましばらく飛び続けた。すると、広大な原野の中に、石造りの円い城壁で囲まれた都市が見えてきた。

夜中だというのにひどく明るい。遠目にも目が眩《くら》むほどだ。田舎の寒村と違って、人々が集う街というのは夜にあってかくも面妖な光を放つものなのか。

いや。違った。

「あの街、めちゃくちゃ燃え上がっとるよね⁉　あれ民家の明かりじゃなくて、どう見ても炎じゃよね⁉」

「はい。魔物の襲撃を受けている最中です。さきほど言いそびれましたが」

「街の水質事情よりもそっちを最優先で教えて欲しかったなー、わし」

近づくにつれ耳をつんざくような怒号と絶叫が聞こえてくる。

街の上空では不気味に笑う人面の怪鳥が無数に舞っている。羽ばたきとともに降らせる羽根は、炎を纏《まと》った矢となって地上の建物を焼いていく。

もちろん街の方も無抵抗ではない。地上から冒険者たちの攻撃が放たれて次々と怪鳥を撃墜している。

が、どうも分が悪いようだ。

夜空を埋め尽くす怪鳥の数は無尽蔵だし、地上の方にも既に別の魔物が侵入している。遠くてよく見えないが、街を駆けまわって火の手を広げている影がちらほらと見える。

「いかがなさいますか邪竜様。ここは静観して、生き残った手練のみを配下として選別するのも一つの手かと思いますが」

「お主って息をするように怖いこと言うよね」

「では、やはり救援に行くのですね」

「わし、乗せられちゃったのかな」

黒翼がはためいて街の上空へ旋回する。一見するとわしが飛んでいるようだが、実際にやっているのはレーコである。

止めて下さい。切にそう願うが、もうどうしようもない。手綱のない馬車の方がまだ止めようがある。わしは死にそうなほどの恐怖と焦燥を抑えて言う。

「レーコ、よいか。先刻話したとおり、お主が主を演じて戦ってみるがよい。この戦いにおいてわしは邪竜とは程遠い——非力で主人なしには何もできない駄竜を演じる。それを上手く駆って、立派な竜遣いらしく戦ってみせるのだ。それができれば街の者もお主を受《う》け容《い》れるじゃろう」

返事はなかったが、ぎこちなく頷《うなず》いている気配が背中ごしに伝わる。

今はどうにか乗せてでも戦ってもらわないと、街もわしらも危ない。

「それでは、やってみます」

すぅっとレーコが息を吸い込む音がした。

次の瞬間、短剣からの斬撃が夜空に大きな光の爪痕を曳《ひ》いて、怪鳥の群れを塵《ちり》すら残さず一掃した。

別に構わないけれど、竜遣いの要素はまるでない。とはいえレーコの得意分野がゴリ押しならばその方がずっと助かる。特に働かない方がわしの駄竜っぽさを印象付けられる。

遠方からはまだまだ新手の群れが飛来してきていたが、街上空の大群が一瞬で消滅したとあって、眼下の人々たちからはどよめきが上がった。新手にしてもレーコがいる限り物の数ではないだろう。今の一撃を見ても実力差は明白だ。

「ほれレーコ。下にいる街の人たちに援軍に来たって伝えて——」

言いかけたとき、街の指揮官らしき鎧《よろい》の戦士が城壁の上で叫んだ。

「新手だ！　新手の魔物が来たぞ！　凄《すさ》まじく禍々《まがまが》しい魔力のドラゴンだ！　ええい、怯《ひる》むな皆！　ここで引けば街を落とされるぞ！　各自、最大の攻撃手段で迎撃しろ！」

いきなりの敵認定である。

あとその魔力、わしのじゃなくてレーコの。

禍々しいとか評されるくらいにヤバいオーラを発しているらしい。予想はできたけど。

「撃て！」

弁明する間もなく、地上の戦士たちがこちらに向けて一斉に攻撃を放った。

光の魔弾。炎の渦。剣から放たれる風の斬撃。変幻自在の軌道を描く矢。空を裂いて飛ぶ投槍《とうそう》。歴戦の勇士たちの放つ必殺の一撃は、その威圧感だけで半分ほどわしを気絶させかけた。

まあ長いこと生きたし、思い残すこともそんなにないかな――とわしが諦めかけたとき、

オオォォォォォ――――――――――――――!

わしの背中で、レーコが吼《ほ》えた。

断末魔ではない。というか、もはや人間の発することのできる声ではない。背中にいるのがレーコだと知っていなければ、わしも「とんでもなく強くて邪悪なドラゴンが間近で吼えている」と勘違いしただろう。

しかも、単に恐ろしげな叫びというだけではなかった。

凄まじい咆哮《ほうこう》は物理的な衝撃をもって広がり、あたかも結界を張ったかのように、飛来するすべての攻撃を掻《か》き消《け》してしまったのだ。

「狼藉者どもめ。かくも些末《さまつ》なる力で邪竜様に仇《あだ》なすつもりか」

冷たく凛《りん》としたレーコの声は、夜空に不思議とよく響く。

もうダメだ。完全に悪役の登場である。

「ちょっとレーコ。お主、さっきの話を忘れてない？　わしは邪竜じゃなくて単なる駄竜じゃって。んで、お主は眷属《けんぞく》じゃなくて普通の魔導士。もう限りなく手遅れに近い状況と

は思うけど、今から頑張って路線修正して」

「……そう、でした。申し訳、ありません。承知、いたし、ました。努力、します」

下手糞《へたくそ》な大道芸人の腹話術みたいな喋《しゃべ》り方《かた》だった。自分の役目に対する思い込みは激しいのに、自覚した上で何かを演じるのは苦手らしい。

「間違えましたみなさん。私は非常に清らかな心を持つ正義の魔導士です。こちらは何の取り柄もないですが非常におとなしく人に懐きやすい安全なドラゴンでございます。街が燃えていたのでみなさんを助けにきました。歓迎してくれると嬉しく思います」

沈黙が夜を支配した。

パチパチと街の建物が燃えていく音だけが呑気《のんき》に響いている。

「……どうする？」

「いや、正直めちゃくちゃ胡散臭《うさんくさ》いけど、戦っても勝ち目なくない？」

「さっきの攻撃、一吼えで散らされたしな。地味にショックだわ」

「正攻法じゃ敵《かな》わんし、罠《わな》でもとりあえず乗ったフリしとくべ」

「んだな。味方ぶって背中から刺す手もあるし」

「よし。ひとまず味方ってことで扱おうぜ。絶対信じねえけど」

「よっしゃ決まりだな」

「――などということをヒソヒソと話しているようですね。私たちの耳をあの程度の小声でごまかせると思っているのでしょうか」

ちなみにわしには何も聞こえなかった。

「聞こえるか、竜よ！」

まともに聞こえたのは、こちらに向けて大きく手を振る指揮官の言葉だけである。

「察しのとおりだ！　こちらの戦士は比較的クズが多い！　だが、こいつらの言動の責は今後一切私が負おう！　ゆえに今は協力を願いたい、下りてきてもらえるか！」

そう叫んで掌《てのひら》で示すのは、城壁の上に備えられた砲台場である。かなり広めに造られており、ギリギリだがわしも着地できそうだ。

「レーコ、今は状況を聞いてみようかの」

「承知」

レーコの操る黒翼が羽ばたきの勢いを落として、滑空するように宙を下りていく。砲台のスペースに足を着くと、指揮官の鎧騎士が大剣を背の鞘《さや》にしまって歩み寄ってきた。

兜《かぶと》を外すと、烈火のように鮮やかな赤い長髪がはらりと流れる。

「アリアンテという。竜と少女よ。どうかこの街を救うため、我々に助力を頼む」

女性だ。この猛者どもの中にあって女性の身で指揮官を務めるとは、よほどの実力者なのだろう――もしくは他の者の人格面に難があるか。

丁寧に手甲まで外して彼女はレーコに握手を求めていた。

さすがにわしの方には来ないようである。握りあえるほど手のサイズが合わないし。

「こちらこそ、よろしくお願いします」

堂々と握手を求めてきた騎士のアリアンテに対し、レーコはちょっと目線を逸《そ》らしつつ手を差しだした。不慣れな演技で挙動不審になっており、やたらと怪しく見える。

「私はレーコ。そしてこちらは我が主たる偉大な邪竜様……ではなく普通のドラゴンです」

「お主さ、わざとやってない？」

「邪竜様の命に背くなど滅相もありません」

「ほらまたわしのこと邪竜って呼ぶし」

「ドラゴンよ。よければ名を聞かせてもらえるか？」

ふいにアリアンテがこちらに水を向けてきて、わしは目を丸くする。

名前なんてないのだ。わしは生まれてこの方、自分と同種のドラゴン――というか、トカゲに出会ったことがない。つまり当然のこととして、互いを区別する呼び名も必要なかった。幼くて図体《ずうたい》も小さかった頃は人間と交流があったから、何か呼び名を付けられていたと思うが――いまいち思い出せない。なにしろ数千年は前のことである。

返事に窮していると、思わぬ方向からの流れ弾があった。

アリアンテの背後でざわめく冒険者たちからである。

「なあ、あの黒鱗の巨体に蒼《あお》い瞳って……南の村に祀《まつ》られてる邪竜レーヴェンディアじゃないのか？」

「ああ、きっとそうだ。ギルドの最上級手配書で一度だけ見たことがある。間違いねえ」

「飛んできたのもあっちの方角からだよな」

「嘘《うそ》だろ……。あの魔王と双璧を成す大怪物が目覚めたなんて……」

驚愕《きょうがく》。わしに大層な名前が付いていた。レーヴェンディアとか名乗ったこと一度もないのに。

その会話を耳に入れるなり、水を得た魚のようにレーコが活《い》き活《い》きとし始める。

「ふ。人間どもにしては鼻が利くではないか。悟られてしまってはしょうがない。まさしくこの御方《おかた》こそ邪竜レーヴェンディア様である。だが光栄に思え。邪竜様は貴様ら人間を害するつもりはない。当面の敵は、邪竜様の統べるべきこの世を蹂躙《じゅうりん》しようとする――無謀《むぼう》にして愚かなる魔王のみだ」

「お主もノリノリで観念しないでくれる？　もっと粘ろうよ」

「もとより邪竜様の御威光《ごいこう》は私の演技ごときで隠しきれるものではありません」

「うわ、わしに責任転嫁してきた」

アリアンテは表情を硬くしてわしを見据える。

「まさかとは思ったが、やはりそうだったか。それにしても――力を隠すのが上手いな。

一瞬、本当にただの大トカゲかと思ったぞ」

「邪竜様を愚弄するか」

レーコが目を鋭くして宝石の短剣を握った。だが、アリアンテは動じない。

「分かっている。眷属にされたばかりのお前からして、既に私の力を上回っている。それだけで主である邪竜の力は推し量れようものだ」

ん？　とわしは首を傾《かし》げる。その疑問を代弁するかのようにレーコが問う。

「なぜ私が眷属にされたばかりだと知っている？」

「見れば分かるさ。さっきの怪鳥を倒したときだが――力の大きさに比して、魔力の扱いがまるでなっていなかった。それであの威力というのがかえって恐ろしいがな」

扱いがなっていないというのは、換言すればまだ伸びる余地があるということだ。ここにいる誰よりも、他ならぬわしが戦慄した。

「だが、今は悠長な話をしている場合ではないな。魔王を倒すという話はまた後で聞くとして、まずはこの街の火を鎮めねばならん。幸い怪我人《けがにん》はほとんどないが、このままだと街が焼け落ちる」

「え？　こんだけ燃えとって人の被害ないの？」

「何だ竜よ、不満か？」

「いやいや、よいことだと思っとるよ。怪我したり死んだりしたら大変だもんの」

「……邪竜にしてはずいぶんと呑気なことを言うものだな」

調子が狂ったとばかりにアリアンテは咳払《せきばら》いをした。

「ともかく街を見てくれ。現状を説明しておきたい」

示されたとおりに街を見下ろす。

街の建物を壊し、火の手を広げ、破壊の限りを尽くしているのは——骨だった。

といっても、単なる人間の骸骨ではない。白い骨が無数に組み合わさって、異形の怪物の形や、攻城兵器のような形に変化して自在な動きを見せている。

しかもそれが一体ではなく、街中にいくらでも走り回っている。

「上空にいる怪鳥は見ただろう。あれを迎撃すると、死体が地上に落ちるわけだが——そこから骨だけが抜け出て、あんな風に骸骨の魔物として暴れ回るんだ。強さは大したことないが、完全に無力化するには文字通り欠片《かけら》も残さず消滅させる必要がある。一本でも残っていたら別の骨と組み合わさってすぐ再生してしまうからな。おまけに、建物に火を回すことが主目的らしく、倒そうとしてもすぐに逃げ出すからやり辛《づら》い」

なるほど、単純な力押しではない。少し高等な魔物が使う搦《から》め手だ。

レーコは上空をじっと眺めて、

「さっきみたいに、私や邪竜様の攻撃ならあの鳥どもを骨すら残さずに消せる」

「そういうことだ。厚かましいとは思うが、そちらには空の迎撃を頼みたい。骨の供給がなくなれば地道にではあるが、地上の奴らも掃討できる」

わしは嫌だった。また空なんて飛んだら、いつ下ろしてもらえるか分かったものではない。

「……えっと、よい鍛錬の機会じゃから、お主だけで行ってみるがよい。飛べるな？」

「邪竜様には及びませんが」

ばさっ、と黒い翼がレーコの背中から唐突に生えた。この子、「やれるな？」って言ったらだいたいのことをやりそうな気がする。演技以外。

「それでは奴らを殲滅《せんめつ》して参ります」

「疲れたらちゃんと休憩は取ってな。空中で寝たりせんようにな」

果たして注意は聞こえたかどうか。残像が残るほどのスピードでレーコは宙に舞い上がり、夜空に銀光の爪痕を描き始めた。

そしてふと思い出す。

わしは大勢の冒険者たちに囲まれて、どこにも逃げ場のない状態だった。レーコがいなくなれば身を守ってくれる存在はいないのだ。

「レーヴェンディアよ、空は眷属の娘だけで大丈夫か？」

アリアンテの眼光がやけに鋭く感じる。

「う、うん。あの子はできる子じゃから。それに、手伝いたいのは山々じゃけど、わしが戦うと余波だけでこの街を壊してしまいそうじゃし……ううん、あ、そうだ」

どうにか話を逸らそうと、わしは過去の記憶をさらって有用な知識を探る。

「あの上空にいる人面怪鳥を昔にも見たことがあるんじゃけど、あいつら自体には復活して暴れ回るなんて能力はなかったと思うのよ。だから、どこかに骨を操っとる別の魔物が隠れとるんじゃないかと――あっ、待って何か思い出しそう。そうそう、そんな魔物がおったおった」

わしは喜色満面になって尻尾を迷惑にならない程度に振る。

「繰首頭《くりくびこうべ》っていう魔物が、視界の中にある死体の骨を操る能力を持っとったと思う。きっと、この街全体を見渡せる高台とかに、不自然な頭蓋骨が転がっとるんじゃないかの。それが魔物の本体じゃから、壊してしまえば解決じゃよ」

数千年もの間、魔物から逃げ回って蓄えてきた知識がここで役に立った。これで街の騒ぎが上手く収まれば、わしに対する邪竜扱いも改善が見込めるかもしれない。

アリアンテが即座に指示の手を上げた。

「みな聞いたな！　高台にある頭蓋骨だ！　城壁の上や見張り塔を重点的に調べて、徹底的に洗い出せ！」

弾かれたように冒険者たちが散開した。と思いきや、僅か数十秒後には誰かの雄叫《おたけ》びが上がり、街中の骨がからからと力を失って崩れていく。

わしは表情をほころばせる。よかった。これでわしの汚名も――

「さすがは魔王軍の幹部だな。魔物の能力に詳しい。ギルドの文献にもそんな魔物の情報は載っていなかったぞ」

ほころんだ表情が和やかなままに凍り付く。

魔王軍の内部情報なんかではない。単なる歳《とし》の功である。今回の魔物にせよ、たまたま知っていただけで、実際は詳しく知らない魔物の方がずっと多いはずだ。

「魔王への反逆の理由も、後で詳しく聞かせてもらおう。私は街の消火を手伝ってくる。ここで待っていてくれ」

わしが硬直しているうちにアリアンテは他の冒険者たちと合流して街に走っていった。

ぽつんと佇むわしの元に舞い降りてきたのは、怪鳥をあっという間に掃討し終えたレーコである。

「終わりました邪竜様」

「お疲れ様。こっちもいろいろ終わりそうなところよ」

主にわしの人生計画とかが。

「ところで冒険者連中がいないようですがどこに？　邪竜様をこんな寂れた場所に放置するなどとは無礼もいいところです」

「ええって。まだ街の火も消えとらんのじゃから、わしらに構ってる余裕もなかろう」

「ならば消します」

ちゃきっ、とレーコが短剣を空に向けて掲げた。

「――雲よ集え。慈愛の涙をこの地に降らせよ。『覇竜の天泣《てんきゆう》』」

たちまち雨が降った。

この段階でわしはもう半分くらい感情が死にかけていたので、ノーリアクションでレーコの行いを見守っていた。街の火はみるみるうちに雨に抑え込まれていく。

「こんなところでしょうか」

レーコが短剣を収めると、天に蓋をしたかのように雨が止《や》んだ。おそらく、この調子ならやろうと思えば雷だって落とせるのだろう。

天泣に濡《ぬ》れたどさくさに紛《まぎ》れて、わしは本当にちょっと泣いた。


あまりにも都合のいいタイミングで降った雨に怪訝《けげん》顔を浮かべる者は少なくなかった。ありがたくはあるが釈然としない――そんな感情をありありと発して戻ってきた戦士たちが、見張りとしてわしらを囲んでいる。

未だ場所は城壁の砲台場である。リーダー格のアリアンテが戻ってくるまでは、なるべくこの場を動かないで欲しいということだったが、それが「なるべく」で済むほどぬるい意志での要求ではないのは彼らの放つ緊張感からして明らかだった。

「それはええんじゃけど、あー……毛布か何かを一枚貸してくれんか？　街が大変なときに呑気《のんき》かと思われるかもしれんが、この子は朝からちぃと働き詰めでな。少しは落ち着いて寝かせてやりたい」

本来ならこの状況で「邪竜様に指図するとは何事か」と無用な悶着《もんちやく》を起こしそうなレーコが、さっきから元気がないのだ。わしの身体《からだ》にもたれて座ったまま、うつらうつらと首を揺らし、ときたま目をごしごしと擦《こす》っている。

わしの注文を受けると、見張りの戦士たちは顔を見合わせて、やがて一人が詰所の小屋に下がっていった。隙のない物腰。漂わせる風格からしても、誰も彼もが一級品の腕を持つ戦士だ。反抗するつもりは毛頭ないが、顔を突き合わせているだけで心臓に悪い。

と、先ほど下がった一名が毛布を取ってきた。

「これでいいか。しかし邪竜よ、眷属《けんぞく》の娘の体調を気にするとは、話に聞いていたのと違ってずいぶんと情け深いんだな」

「興味本位で聞くんじゃけど、どんな話が広まっとるの？」

「戯れに街を焦土とし、飢えれば血肉の川が流れるまで人肉を貪ると」

「そんなことしとらんって。本当に。わしの主食って草とか木よ」

誰も信じてくれそうな様子はない。わしの見た目と悪評のせいもあろうが、一番の原因は半分寝かけた状態で「何を仰《おつしゃ》います。私の魂を食べられたばかりではありませんか……」と呟《つぶや》くレーコの存在である。

にわかに戦士たちの間でレーコに対する同情的な空気が漂い始める。世の冤罪《えんざい》はこうして生まれるのだと痛感した。

「ほれレーコ。街の人が毛布を貸してくれたからお主はもう寝てしまいなさい」

「しかし――邪竜様を差し置いて私が眠るわけには」

「わしは構わんから。疲れとるときは早めに休むのが一番じゃよ」

「……仰せのままに」

置かれた毛布をマントよろしく身にくるんだレーコは、たんっ、と軽い跳躍でわしの背中に飛び乗った。

「それではお先に休みをいただきます」

「先に寝るのは遠慮しても背中に乗るのは一切遠慮せんのね」

別にええけど。

返事はなく、既に背中でモフモフした塊が横たわっているのを感じた。

「レーヴェンディア。お前はいいのか。必要とあらば毛布を百枚でも用意するが」

「わし、あんまり眠くなくてな」

本当は身体も精神もこれ以上なく疲れている。しかし、敵意を向けてくる集団の前で眠れるほどわしは図太くない。

「……あのな、お主らに折り入って相談なんじゃけど、この子をこの街で預かってはくれんか？　実はこの子、わしの眷属でも何でもないただの人間なのよ。真っ当に育てればお主らの役に立つ立派な魔導士になると思う」

「──何が目的だ？」

「いや目的もなにも、文字通りの意味じゃって」

「そんな話は到底信じられんな。その娘の放つ魔力は人間のものではなく、魔性の存在のものだ。しかも、とりわけ邪悪な。力を与えたお前が一番それを理解しているはずだが？」

「信じられぬかもしれないけど事実そうなのよ」

「嘘《うそ》をつけ」

「困るのう……」

途方に暮れる。まっとうな竜遣いを演じる路線は既に破綻したし、穏便に引き取ってくれそうにもない。このままだと延々とレーコの御守《おもり》をさせられて、そのまま魔王討伐の旅路へ一直線だ。

そしてたぶん途中でわしだけ流れ弾とかで死ぬ。

「待たせたな」

鬱々《うつうつ》としていると、見張りの人垣の奥からアリアンテが歩いてきた。今まで残党がいないか見て回っていたらしい。

「お前たちはもう下がっていい。一対一の方が互いに話もしやすいからな」

「アリアンテさん。しかし、大丈夫ですか？」

「なに、構わん。どうせ邪竜が暴れ始めれば、私一人だろうと街中の戦士が総勢だろうと関係なく皆殺しだ。ならば包囲して空気を悪くするだけ無駄というものだろう」

わしにそんな力はない。レーコの方は知らん。

だが、闘志と警戒心を剝《む》き出《だ》しにする連中よりも、このアリアンテの方がいささか話の分かりそうな雰囲気がある。それだけはわしに多少の安堵《あんど》をもたらした。

戦士たちが場を退くと、先に話を切り出したのはアリアンテの方だった。

「邪竜レーヴェンディア。改めて問わせてもらうが、なぜ魔王に反逆をする？　お前ほどの者であれば、魔王とて遇の礼は失するまい。それとも他者の下に甘んじるのは矜持《きょうじ》が許さんということか？」

「やっぱりお主も誤解があるのう……。あのね、わし、邪竜とかそんなんじゃないの。草ばっかり食ってきた単なるでっかいトカゲみたいなもんなの。ぶっちゃけると、お主と戦えば一秒でわしが死んじゃう」

「単なる大トカゲが魔物の能力にああも詳しいとは思えんが」

「長生きしとるからたまたま知っとっただけじゃよ。魔物は怖いからずっと逃げ回ってきたしの。でも、魔王軍全部の情報を網羅しとるなんてことは絶対ないから」

「長生き？　何歳なんだ？」

「うろ覚えじゃけど、だいたい五千歳くらいかの」

「馬鹿をいえ。それだけ長く生きていて弱いはずがあるか」

暴論である。強くなければ長生きも許されないのか。わしだって貧弱なままこの歳まで生きられたことを奇跡とは思うが、現に生き延びちゃったのだから仕方がないではないか。

「そこを無視するとしても、だ。その眷属の娘についてはどう説明する？」

「それについてはわしも説明が難しくてなあ。この子が最も話をややこしくしとるのよ」

わしは一縷《いちる》の望みにすがり、ライオットに説明したときと同じく事の次第を語る。生贄《いけにえ》としてレーコがやって来たときから、今の今までのすべてを。

——結果。

「信じられん」

そりゃそうですよね、と思う。わしだって悪い夢であって欲しい。

「通常の魔導士ならあり得ない話だ。赤子がいきなり立って歩けないように、魔力の解放には順序というものがある。思い込みだけで無限に解放できるなら苦労はない」

「この子がすごい天才とか、そういう可能性はないんじゃろうか」

「過去に例がないとはいえんが……ほとんど伝説のような話だな。歴史上に語られる高位の魔導士の中には、物心ついたときから強力な術を使えた者もいたというが、まず後世の脚色だろう。そんな例があるなら、現代でも神童が一定数現れるはずだ」

「ここにおるんじゃけど」

「信用できん」

ううん、とわしは唸《うな》る。もしかして神童が見当たらないのは、こうして魔物扱いされて人里を追い立てられるからではないだろうか。

他にこんな子がいたとしても、たぶん頭のネジが外れているのに違いはないだろうし。

「仮にその話を信用するとしても、それはそれで問題だ。その娘の持つ魔力は既に人間のそれではない。扱う技術も稚拙となれば、何の拍子でバランスを崩して制御不能になるか知れたものではない。それこそ、自身の魔力に呑《の》まれて本物の邪竜と化す危険性すらある」

「えぇ……自力で？　わしが関与してないのにセルフでドラゴンになっちゃうの？」

「無論、そんなことは普通ありえん。あくまでお前の話が真実だと仮定した場合の話だ」

「お主にとっては仮定の話でもわしにとっては衝撃の事実じゃよ。どうしよ、あの子が急にドラゴンなんかになったりしたら理性とか残る？　説得できる？」

「期待はしない方がいい」

そう言われると、背中にとんでもない爆弾を乗せている気分になった。もしかすると魔王よりも身近で厄介な恐怖がそこで寝息を立てているのかもしれない。

「あのさ、ええこと思いついたんじゃけど、この街でこの子に魔導士の訓練を積ませてやってくれんか？　ほれ魔力の扱い方さえ分かれば魔物になっちゃうこともないんじゃろ？」

「無理な話だ。この街の者たちはお前たちを警戒しているし、他ならぬ私もその一人だ。その娘が魔力の扱いを覚えればさらに力は増す。邪竜の眷属に好き好んで力を与える者は誰もいないだろう……そこに目を瞑《つぶ》っても、それだけ規格外な魔力の制御法など誰も教えようがない」

わしは長いため息をついた。

前途多難である。最悪、この子を連れて山に引きこもることも考えねばならないかもしれない。そうとう上手《うま》い口実を考えないと無理だろうが……。

「その話が真実だとして、一つだけ助言をするなら、軽々しく『自分は弱い』と喧伝《けんでん》しないことだな。技術の稚拙なその娘が、強大な魔力を思い込みだけで制御できているのは、邪竜レーヴェンディアという拠《よ》り所《どころ》があってこそだ。その幻想を失っては暴走の危険性が高まる。おまけにお前の首にはギルドが懸賞金をかけている。弱いと知れば金目当ての連中が挙《こぞ》って襲《おそ》ってくるぞ」

「え、わしって懸賞金かけられとるの？」

「魔王に次いで高額だ。お前の首で子孫が末代まで遊んで暮らせる額を稼げる」

「わしは今、この世の理不尽に震えとるよ」

どういう基準なのだ。わしの首にそんな値札を付けた人に直談判《じかだんぱん》したい。わしの首なんて藁《わら》にも劣る価値しかあるまいに。

これからは口が裂けても弱いなんて言うまい。金目当てに殺される。

しくしくと心の中で涙を流していると、アリアンテがゆっくりと背中の剣を抜いた。

「お前の話には付き合った。さあ、今度は私の質問に答えてもらおう──邪竜レーヴェンディア。魔王に反逆する理由は何だ？」

わしは何も答えられなかった。なぜなら、アリアンテの身から今まで一切感じられなかった殺気が猛然と放たれたからである。鱗《うろこ》に覆われたわしの肌が緊迫に痺《しび》れる。

「答えぬか。愚かなことだ。魔王様も貴様には一目置いていたというのに、傲慢でその地位をふいにしようとはな」

長大なブロードソードの切っ先がわしの鼻先に向けられる。

「我が名はアリアンテ・ソルド・シルヴィエ。魔王様の忠実なる剣が一振り。命はここで果てようも、手傷の一つは覚悟してもらうぞ。老竜」

ああ、そんな人間もいるのね。こりゃ死んだわ。

わしがそんな風に観念したときには既に剣閃《けんせん》が走っていた。このアリアンテもさぞ驚くことだろう。魔王の仇敵《きゅうてき》をまさか一撃で仕留めてしまうのだから。

だが、アリアンテの大剣はこちらの首を刎《は》ねる直前で止まっていた。

剣を防いでいたのは——一瞬前までわしの背中で眠っていたレーコだ。逆手に握った短剣で大剣の刃を受け止めている。

「……申し訳ありません。敵意にも気づかずこの期まで眠りこけておりました。この醜態は敵の血にて濯《すす》ぎましょう」

「ああ、お前が万全ならそうなっただろうな」

アリアンテが一歩を大きく踏み込み、両者は鍔迫《つばぜ》り合いの姿勢となる。だが、すぐにレーコがバランスを崩してたたらを踏んだ。アリアンテが力の均衡をわざと緩ませたのだ。

「パワーもスピードも貴様の方が遥《はる》かに上だ。しかし、雑魚相手に消耗させた。加減というものをまるで知らずにな。おまけに、その後に降った雨も貴様の仕業だろう？　どれだけの魔力を使った？　——私と同じまでに力を落としたならば、後は純粋な剣の手技がものを言おう」

彼女の振るう剣は単なる力任せの蛮剣ではなかった。

レーコの防御を浸食するように、様々な角度から変幻自在の斬撃で抉《えぐ》ってくる。かといってレーコが反撃に回ると、待っていたかのように短剣の刃を流されて姿勢を崩される。

短剣を撥《は》ね上げられ、無防備に脇腹を晒《さら》したレーコの身に、アリアンテの大剣の一撃が吸い込まれた。

轟音《ごうおん》。

軽々とふっ飛ばされたレーコの矮軀《わいく》は、城壁の漆喰《しっくい》に突っ込んで大きな砂煙を上げた。

衝撃でひび割れたブロックを背に、ぴくりとも動かない。

「れ、レーコ!?　おいお主——待ってくれ、話を」

「次は貴様だ！　覚悟！」

裂帛《れっぱく》の掛け声とともにアリアンテの剣が青白く輝く。

尻尾を巻いて逃げたいところだったが、残念ながら完全に腰が抜けて動けない。アリアンテは跳躍し、まっすぐにわしの脳天目がけて剣を振り下ろした。

「っ痛ぁ——————————っ!!」

ベチーン！　と、予想以上に素っ頓狂な音がしてわしは痛みに吠《ほ》えた。

即死かと思ったが、頭部に沁《し》みるのはじんじんという生々しい鈍痛だ。

「回避もせんとはな。たかが人間の攻撃と見て油断したか？」

着地したアリアンテが剣を構え直す。

「貴様ほどの者となれば痛みを感じることもそうあるまい。だが、この剣は特別製でな。私が魔力を込めれば、どれだけ強い相手だろうと確実に『痛み』を伝える。その分、一撃の破壊力は劣るが——舐《な》めてかかっていると、文字通りの痛い目を見るぞ」

つまり楽に死ねないということか。生殺しにもほどがある。

「あ、あのさお主？　せめて普通の剣に替えてくれんかの？　そんな剣はなかなかに非人道的じゃと思うよ」

「貴様が相手なら並みの剣では通用するまい」

「逆なんじゃけどなー。その面倒くさい剣のせいで変に長引きそうなんじゃけどなー」

レーコの方をちらと見る。剣の特性ゆえか、脇腹を斬られたにも拘《かかわ》らず出血はしていない。多少のダメージはあったようだが、息もしているようだ。

よかっ――

た、と思ったときには頰《ほお》を思いっきりぶん殴られていた。性質上、剣というよりは鈍器に近い衝撃を与える武器らしい。

「ちょっ、待っ、タンマ」

「聞く耳持たん！」

「死ぬ、わし死んじゃう」

「このままいけばな！　さあ本気を見せてみろ！」

横倒しになったわしの身が容赦なくベシベシとしばかれ続ける。

そして、地獄ともいえる時間がしばし経過した後には――ぴくりとも動かなくなったわしの（半）死体が完成していた。

さすがにアリアンテもこれには眉をひそめて、

「……貴様、本当に弱いのか？」

「強かったらとっくにわしは逃げとる」

仰向《あおむ》けに転がってか細く喘《あえ》ぐわしを前に、アリアンテは顎に手を当てしばし考え込む。

「よし。分かった。次の渾身《こんしん》の一撃で貴様にトドメを刺す」

「うん。できるだけ苦しまんようにして欲しい」

辛うじて懇願した途端、凄《すさ》まじい大剣のスイングで吹き飛ばされた。レーコのすぐ隣の壁に突っ込んで、あわや倒壊かというまでにブロックを崩す。

しかし、生きていた。

全身が痛くて指一本動かせないが、意識もあれば息も続いていた。

「……ありゃ？」

よく見ればレーコも気絶というよりは、安らかに居眠りをしているといった感じだ。

大剣を背中の鞘《さや》に納めて、アリアンテが歩み寄って来る。放っていた殺気も消え、実に沈痛な面持ちをして――わしの前で深々と頭を下げた。

「手荒な真似《まね》をしてすまなかった。お前が本当に弱いかどうか試させてもらった。人間相手にここまで弄ばれるようなら、信じがたいが事実なのだろうな」

「ここまでする必要あった？」

「常識では考えられん話だったからな。お前の眼《め》は嘘《うそ》をついている者のそれではなかったし、街を助けてくれた事実もある。だが、確証もなしに鵜呑《うの》みはできん」

「わしのこと半分くらいは信じててくれたのね。でもそれならもうちょっと手加減して欲しかったのう。これ、絶対どこか後遺症とか残りそう」

「心配するな。こちらも正直に言うが、この剣は稽古用の道具でな。『痛み』こそ与えるが、生体に傷を与えることはない。まあ、こけおどしにはぴったりと思ったわけだ。少し経《た》てば痛みも引いて自力で立てるようになる」

「でも心には傷が残りそうなんじゃけど」

「そこまではフォローできん」

とはいえ命の危機は去った。安堵《あんど》の息をつきかけて、わしは「はっ」と思い出す。

「そ、そういえばお主、魔王軍の一員っていう話は――」

「嘘に決まっているだろう。あの虚言は万一の保険だ。もしお前が本物の邪竜であったとして、私がこの街の一員という立場のまま戦いを挑んだなら、逆鱗《げきりん》に触れた代償は街にまで及ぶ」

だが、とアリアンテは壁上から街を見下ろす。

「魔王軍の一員としてお前の恨みを買ったなら、場合によってはお前の怒りが魔王に向き、人類に利することもあるやもしれん。そう考えての騙《かた》りだった」

「あ、そうなの。力になれんですまんの」

「まあ、そんな気はしていた」

「ひどくない？」

少し微笑《ほほえ》んだアリアンテはもう一度頭を下げて、眠りこけるレーコを担いで毛布の上に横たえた。

「ひとまず、お前が本当に弱いとなれば最大の問題はこの娘の扱いだな。いいか、弱いということを絶対に悟られるな。お前という精神的支柱がなくなれば、この娘は本物の邪竜と化すおそれがある。何としてでもこの娘の前では邪竜らしく振る舞え、いいな？」

「自信ないよわし。山に引きこもってええかな。それなら問題なかろう？」

「逆に問うが、この娘がそれを許すと思うか？」

「ダメじゃろうね」

山奥の洞窟にこもっても、強制的に魔王討伐に駆り出される未来しか見えない。

「八方塞がりじゃの。ねえ、わしどうしたらいいかな」

嘆息すると、アリアンテは非常に気まずそうにわしから目を逸らした。まずい。これは何も案がないという態度だ。

「まあ……その……何だ、頑張れ。今からでも少しずつ強くなればいい」

「強くなろうにも、この子の目の前でへっぽこな特訓風景を見せるわけにはいかんじゃろ？　あ、そうだ。この子を預かってくれたらその間にわし頑張るよ。強くなれんとは思うけど」

「ダメだ。この街でその娘に関わろうとする者はいない。あと預けたらそのまま逃げるつもりだろお前」

「バレちゃったかあ」

図星である。レーコから距離を置けたら誰も知らない場所に逃げようと思っていた。逃げられるかどうかは別問題として。

「とりあえず……その図体《ずうたい》は目立ちすぎるな。無鉄砲な輩《やから》が賞金に釣られて不意打ちをしてくるかもしれんし、魔王に反逆したという風評が広まれば、魔物もお前を狙ってくるだろう。単にお前が死ぬだけならいいが、そうなれば間違いなく娘も暴走する。無用な争いに巻き込まれんためにも、まずは見た目を変える必要があるな」

「見た目を変えるといっても、この大きさは隠せないんじゃないかの」

「少し待っていろ。心当たりがある」

アリアンテは街に向けて踵《きびす》を返しかけて、

「もしその娘が起きたら、今しがたの戦闘は夢でも見ていたのだと伝えろ。それが最も後腐れがない」

「いくらこの子でも信じるかの？」

「お前の言うことなら何だろうと信じるさ」

そのまま、アリアンテは城壁から街に向かって飛び降りた。常人ならまず無事に済まない高さだが、自分から踏み出したのでその辺はたぶん大丈夫なのだろう。

そしてしばらく待っていると、小脇に抱えられるサイズの樽《たる》を持って戻ってきた。

「待たせた」

「何じゃそれ、お酒？」

「なぜ酒盛りをせねばならん。これは高位の錬金術師のみが作ることのできる若返りの妙薬だ。普通なら雫《しずく》の一滴で済むが、長寿のお前だとどのくらい量がいるか分からなくてな。念のために樽一つ持ってきた。効けばその図体も縮むだろう。さあ、口を開けろ」

得体の知れない液体を飲まされるのには抵抗があったが、飲まなければ賞金首として狩られる未来しかない。わしは否応《いやおう》なく口を開いた。

薬匙《さじ》に掬《すく》われた液体が一滴舌に落ちる。

途端に「ぽんっ」とわしの身体《からだ》が紫の煙に包まれて、次の瞬間にはそこらの仔馬《こうま》と大して変わらないサイズにまで縮んでいた。

「なるほど。薬への耐性もロクにないようだな。今後はくれぐれも毒物に注意しろ」

「効いてよかったと思ったけどそういう物の見方もあるのね。わし人間不信になりそう」

「まあいい。若返りの効果は丸一日しか保《も》たんからな、欠かさずに毎日一滴飲め。一滴で効くならその樽が尽きることはそうそうないだろう。貴重なものだから失《な》くすなよ」

「すまんの、こんな高そうなものを」

「街を救ってもらった礼と、先の非礼の詫《わ》びだ。私にはこれくらいしかできんからな」

わしは小さくなった手足を眺める。こんな体格だったのはもう何千年前のことだろうか。

身体が軽くて新鮮な気分だった。

「ところで、こんな貴重なものがよくこんなに早く手に入ったのう？」

「……備えがあれば憂いはないからな」

「あ、実はもしかしてお主、その歳《とし》で指揮官なんかやっとったから妙だとは思ったけど、そう見えて結構実年齢は――」

じゃきっ、とわしの眉間に向けて剣が構えられた。

「戦うために身体機能を若く保っておいて損はない。それだけの話だ。戦士として当然のことだ」

「はい、わしもそう思います」

異論なく頷《うなず》いたわしは、薬の樽をいただいて平身低頭した。アリアンテは剣を納めて、さきほど見張りが毛布を調達してきた小屋を指さした。

「今夜はもう遅い。そこの見張り小屋で娘ともども眠るといい。見張りは私が務めるから安心しろ」

緊張の糸がぷつりと切れた気がして、わしは長い息を吐いた。そしてレーコと一緒に小屋に入るなり、倒れ込んで爆睡した。

――そして翌朝。


「ほれ。レーコ。朝じゃよ」

年寄りの朝は早い。薬で身体が若くなっても、染みついた習性までは変わらないらしい。わしはごく短い睡眠で目覚め、レーコを揺り起こした。

「……邪竜様？」

レーコは半開きの目で頭をフラフラさせている。

「ん。そうじゃよ。よく眠れたかの？」

「はい……とてもよく……眠れ……？」

視線の焦点がわしに合った。その瞬間、レーコが凍り付いたように動かなくなる。

「あ、そっか。お主にはまだ言ってなかったの。いろいろあって小さくなって――」

「じゃ、じゃじゃじゃ、邪竜様？　いいい一体、なぜそのようなお……お姿に？　夢？これは私の夢でしょうか？　はっ、分かりました。私の夢に精神体として邪竜様が降臨なさっているのですね」

「落ち着いて。これはれっきとした現実じゃけど、あくまでわしはわしのままじゃから」

「はっ、はい。しかし、なぜそのようなお姿に？」

「んー……なんといえばいいかのう。話せば長くなるから後にしようか」

わしは時間稼ぎの手を打つ。まだ何も考えていないし、寝起きで頭も働いていない。朝食でも食べながら、魔王討伐に絡めた理由をでっち上げよう。

「……承知しました」

「んじゃ待っててね。今、見張りの人にご飯を頼んでみるからの」

わしは後脚立ちで小屋の扉を開けて外に歩み出る。小屋のすぐ正面で、片膝を立てて座っているアリアンテの姿があった。

「すまんの。見張りありがとな」

「なに、一晩や二晩の見張り程度、冒険者にとっては慣れたものだ。娘ももう起きたか？」

「ん。できれば朝ご飯とか頼んでもいい？」

「それならもう用意してある。小屋の脇だ」

見れば、薄布をかけられた盆が置かれている。だが、布の膨らみがやけに大きい。

布を引っ張ってどけると、正体はパンと干し肉、それに水差しだった。ただ、どれも量が尋常ではない。パンは人間の腕くらいの長さのものが十本は積まれており、干し肉は子豚を丸ごと加工したのではないかと思える大きさだ。水差しに至ってはほとんど水瓶《みずがめ》そのものである。

「ああ、お前がどれだけ食べる動物がよく分からんから適当に持ってきた。食糧庫は無事だったから遠慮することはないが、いらんなら残してくれ」

「パンはともかく、わしは干し肉はきついのう。レーコがいる分だけ切ればええかな」

「干し肉は舌に合わんか？」

「言い忘れてたけどわし草食なの。肉とか食べたらお腹《なか》壊すから」

「……あの見た目で草食か」

アリアンテが軽く絶句していた。そんなにわし本来の姿は凶暴そうに見えるのだろうか。

「おおいレーコ。ご飯はもう用意してくれとったわい。出てきとくれ」

「はい。かしこまりました」

出てきたレーコは、正面で座っているアリアンテを見て一秒固まる。そして滑らかな仕草で服の内から短剣を抜く。

「なるほど。あいつの血肉が朝餉《あさげ》というわけですね邪竜様。昨晩の恨みをここで晴らしましょう」

わしは必死でレーコの足にしがみつく。

「うわぁ違う！　違うってレーコ！　ご飯はそっち！　そこに置いてあるパンと干し肉！」

「干し肉よりも新鮮な肉の方が邪竜様のお好みに合いましょう」

「どっちにしろ食えんから！　とにかく短剣をしまって！」

半ば悲鳴じみた声でわしが止めると、レーコは頬《ほお》を膨らませて抗弁する。

「なぜですか邪竜様。昨晩あの女は邪竜様に対して大変な無礼を働きました。死して償うべきです」

「あのねレーコ。それは夢」

「夢？」

「そ。お主は疲れて悪い夢を見たの。アリアンテが襲《おそ》い掛かって来たなんて事実はこれっぽっちもないから。単にこの小屋を世話してくれただけ？　いい？」

「なるほど。そういうことでしたか。私の夢までお見通しとはさすが邪竜様です」

信じられないほど素直にレーコは刃を納めた。振り返ると、「ほらな」という感じでアリアンテがウインクをしてみせた。わしも合わせて苦笑する。

「それじゃ、朝食にしようかの。ほらレーコ。好きなだけ取って。わしはパン一本で十分じゃから」

「分かりました。では残りは私が処分します」

すうっとお盆を手元に引き寄せて、早くもレーコはもしゃもしゃとパンを齧《かじ》り始める。

「いや、無理はする必要はないからの？　余ったら返せばいいだけじゃから」

「このくらいペロリです」

一口がでかい。顎いっぱいにあんぐりと開けて、長いパンを五口くらいで平らげる。次いで鷲摑《わしづか》みにした干し肉も、強靭《きようじん》な咀嚼《そしやく》でガツガツと食べていく。その豪快な食べっぷりはまさしくドラゴンを彷彿《ほうふつ》させた。

「なんだか昨日からとてもお腹が減るようになりまして。邪竜様の眷属《けんぞく》になったからでしょうか？」

「そうかもね。あれだけやればね」

魔物を倒して、わしを飛ばせて、天候まで操って。飯なんていくら食べても足りるまい。

地平から昇る朝日に目を細めて、わしもパンを咥《くわ》える。

と、アリアンテが深刻な顔で城壁の外を見下ろしていた。

「どうかしたの？　そんな怖い顔して」

「ああ。予想はしていたことだが――あれがな」

手で示されたので、ふがふがとパンを食べながら後脚立ちになって壁の外を覗《のぞ》き込む。

そこに広がっていたのは、大勢の人間が徒歩や馬車で街を出ていく姿だった。

「冒険者は根無し草が多い。街が大火で損なわれれば、復興の前にさっさと別の街に流れていくのが普通だ。だが、おそらく昨晩の襲撃の狙いはそうやって戦力を散らすことだろう。街の全壊は防げたが、こうなると半ばこちらの負けといったところだな」

「といっても、あれだけたくさんいた魔物を全滅させせたんじゃから、しばらくは襲ってこないんじゃないかの？」

「いいや。そうとも言えん。昨晩の襲撃は、明らかに計画的なものだったからな。本来、魔物の襲撃というのは本能的な単純行動だ。複数種の魔物が能力を組み合わせて共同戦線を張るのは、ある程度高位の魔物が指揮した場合に限られる。第二第三の攻撃を企てていてもおかしくはない」

そのボスみたいなやつは——とわしが聞くより先に続く言葉が来た。

「どんな魔物か尻尾すら摑めていない。最近ではこういう面倒な襲撃が多くてな、どこの街も気を尖《とが》らせているよ」

「あ。ひょっとして、その指揮官っていうのが魔王とか？」

「まさかこんな辺境まで本人が出張るまい。おそらくは、現地指揮官級の魔物が各地に置かれているんだろう」

なんだか物騒な話で憂鬱になってくる。わしは前脚を壁から降ろして、パンの味に集中することにした。パンはあまり好きではないが、小麦だけで練られたシンプルな生地は悪くない。

アリアンテもその場に腰を落とし、

「まあ、人死にが出なかっただけでもよしとしよう。人さえ無事なら街などいくらでも直せるというものだ」

「うんうん。食事時にはそういう明るい話をするもんじゃよ」

「――いや待て。この街の戦力が減ると、周辺の街の防衛に戦士を派遣する余裕がなくなるな。第二の襲撃はこの街ではないという線もあるか……？　どう思うレーヴェンディア」

「わしに言われても」

「ああ、そういえばそうだったな」

快活にアリアンテは笑った。が、その笑顔が一瞬で消える。背後にぬぅっとレーコの影が忍び寄ったからである。

「人間よ。邪竜様に対してずいぶんと気安い口を利いているな……？」

「ただの雑談だ。他意はない」

「こらレーコ。失礼はやめなさい。アリアンテには世話になっとるじゃろう。それに、協力関係なんだからあくまで立場は対等じゃよ。っていうかお主も人間じゃろ。『人間よ』とかいう、まるで人外のスタンスを取ってるみたいな呼びかけしないで」

「はっ。申し訳ありません」

レーコがバックステップでアリアンテの背後から離れる。盆に振り向けば、既に食べつくされて空っぽになっていた。

「ところで邪竜様。そろそろ、そのお姿になった理由を伺ってもよろしいでしょうか？　もちろん小さくなっても邪竜様の偉大さが損なわれることはないのですが……」

「うん、それじゃけど」

わしは考案した言い訳のストーリーを頭に思い浮かべる。

「まずな、昨日も言ったとおりわしの力は衰えておる。このまま魔王と戦っても勝ち目は薄い。なればこそ人間と手を組もうと考えたのじゃが、やはりわしの邪竜としての悪名もある。大々的な同盟は望めそうもない。じゃから、人間の薬の力を借りてこの若き時分の肉体に戻り、一から力を蓄え直そうと思ったのじゃ」

「魔王を討つ前にまずは手頃な敵から狩って戦の勘を取り戻すというわけですね？」

「うん、理解が早くて助かるよお主。そうそう、まずは手頃な敵からね」

我ながら妙案だと思う。こういう言い訳なら、多少は弱いところを見せても幻滅されまいし、最低限生き残るのに必要な力も身に着けていくことができる。

「それでは、どの魔王軍幹部から潰しに行きますか？　それとも魔物のコロニーになっている山や谷を地図から消しに行きますか？」

早くも妙案の自信が崩れ去る。『手頃』の定義に絶望的な隔たりがあって、わしは動揺を隠せない。レーコにとっては魔王以外がすべて手頃の範疇《はんちゅう》になっているらしい。

「あのね、いきなりそんな派手な動きをしたら魔王にバレちゃうでしょ？　基本は地道に。普通の駆け出し冒険者と同じように、あんまり強くない魔物を倒しながら経験を積むのが上策と思うよ。それに、その方がお主も戦いのペース配分とか学べるじゃろ？」

「はっ……なるほど。つまり邪竜様がそのような安全策を取られるのは、この私の力不足の責によるということですか――」

レーコが悲痛な顔をして歯を食いしばった。いろいろ誤解はあるようだが、とりあえず納得してくれたようだ。

さらにアリアンテも助け舟を出してきた。

「人間の修行にも高負荷訓練というものがある。普段よりも重量のある剣や、魔力消費の激しい杖《つえ》を使うことで、戦闘の難度を敢《あ》えて上げるというものだ。幼年期の身体《からだ》に戻って修行を積み直すのも、同種の効果を見込めるだろう」

しかし、どこか白々しい。苦しい言い訳だと自覚しているのだろう。だが、レーコは「なるほどさすが邪竜様は慧眼《けいがん》でいらっしゃる」と喜んでいる。

「まあ、そういうわけね。もし今後わしが苦戦することがあっても、修行の一環じゃから。幻滅しないでね？」

「私が邪竜様に幻滅するなど天地が逆さになろうとありえません」

機嫌を損ねたようにレーコがぶすくれた。

そもそも邪竜じゃないことを知ったらどうなるのか。それでも幻滅しないのか。その辺は怖くて口にも出せない。

「話は決まったようだな。となれば、この街で悠長にしている暇はないだろう。旅の必要物資はこちらで整えるから、安心して出発するといい」

アリアンテがそう言って笑うが、なんだかまた厄介払いをされている気がした。

＊

支度を整えた二人を街の城壁門から見送った後、自宅の道場に戻ったアリアンテは冷や汗を拭った。

「……久々に疲れたな」

恐ろしい連中だった。

単に力の大きさが、ではない。その行く末がどうなるか分からないところが、導火線の見えない爆弾のような危なっかしさを孕《はら》んでいた。

叶《かな》うならば邪竜（もどき）に頼まれたように、あの娘を魔王に抗う戦士として育てたかった。だが、あれだけの魔力を制御できるようにするには、通常の修行で数十年を要するだろう。その間にあの娘がレーヴェンディアの正体に気付いて破綻を来す可能性の方が遥《はる》かに大きい。

ならば。

「どうか――上手《うま》くやってくれ、レーヴェンディア。お前の眷属は、我々人類の大きな切り札となるかもしれん」

賭けよう、と思ったのだ。

あの邪竜は紛《まご》うことなきポンコツである。しかし、あの娘の凶暴性を相殺して余りあるほどの人畜無害さを持っている。奇妙な主従が上手く嚙《か》みあえば、行くところまで行ってくれるかもしれない。

本当は、昨晩のうちに二人とも斬り捨てておいた方が無難だったろう。人類のためを思うなら、余計なリスクを排除しておくに越したことはない。レーヴェンディアの首を取ったなら賞金も弾んだことだろう。

どうやら若い頃に断ったと思っていたギャンブル癖がここになって再発したらしい。得体の知れぬ未知のコンビに希望を見出《みいだ》そうとは。

「頼むぞ、邪竜様」

茶化して独り言を呟《つぶや》いたとき、道場の扉が大きく打ち鳴らされた。

緩んだ唇を結び直して閂《かんぬき》を外すと、外に立っていたのは短い金髪を揺らす少年だった。上等そうな幅広服の袖や裾は乱雑に千切られ、身軽な軽装となっている。

「何の用だ、少年。この街では見ない顔だが」

「あいつらを追って馬を走らせてきた。一晩中ずっとだ」

「……何を言っている？」

「街の門番に聞いた。邪竜レーヴェンディアがこの街に来たんだろ」

思わぬ指名にアリアンテは虚を衝かれる。

「頼む！　あんたがこの街で一番の凄腕《すごうで》だって聞いた！　俺に稽古を付けてくれ！　俺はどうしてもあいつを倒さなきゃいけないんだ！」

「……どういう理由かは知らんが、お前のような子供に稽古を付けてやるほど私は暇ではない。見たところ、大した才もなさそうだし、戦いの経験もないだろう」

「だけど、俺はあいつを倒して助けないといけないんだ。レーコを――あいつに攫《さら》われた女の子を」

「お前、まさかレーヴェンディアのいた村の者か？」

レーコを知っている素振り。そして邪竜に対する並々ならぬ怒り。

まさか。

「手を出せ」

「へ？　手？」

「いいからさっさと出せ」

少年の手首を、半ば強引にアリアンテは握った。レーヴェンディアとレーコには言っていなかったが、アリアンテの本分は剣士ではなく、ある一芸を磨いた魔導士だ。その一芸は応用次第で読心術にも似た扱い方も可能となる。

「あの娘――レーコの持っていた短剣はお前が渡したものだったか」

言い当てた内容よりも、少年はレーコという名の方に食いついてきた。

「あんた、レーコに直接会ったのか？　あいつは無事か？」

「今のところはな」

どちらかというと安否を心配されるべきは少女ではなく哀れな老竜の方だと思ったが、表情には出さない。

だが、面倒だった。この少年は、レーヴェンディアの話にも出てきた「唯一レーコを心配していた少年」で間違いないだろう。レーコの方がこの少年に対してどれだけ思い入れがあったかは知らないが、迂闊《うかつ》に接触させれば邪竜の眷属《けんぞく》としての思い込みにブレが生じかねない。

友情が眷属の呪いを解き放つ――といえば美談だが、この場合では解き放った先に待っているのは魔力暴走の地獄である。

「なあ、頼むよ！　才能がなけりゃ他人の二倍も三倍も努力する。金が要るなら外で雑用でもやって稼いでくる。頼む、どうか俺を強くしてくれ！」

「……参ったな」

ここで追い返せば、この少年は馬を駆って単身レーヴェンディアを追い始めるかもしれない。そして早ければ数十分で追いついてしまうだろう。なんせ、今のレーヴェンディアは馬よりもずっと足が遅い上に、さっき街を出たばかりだ。

追いつかれたときの末路は決まっている。

この少年が不意打ちで邪竜を仕留めるか、少女がかつての友を返り討ちにするかである。

いずれにせよロクな結末ではない。無辜《むこ》の者がどちらか一人犠牲になる。

アリアンテは咳払《せきばら》いをし、

「分かった。長く厳しい修行になるぞ。名は何という？　少年」

「……ああ！　恩に着るぜ！　俺はライオット、よろしくな師匠さん！」

とりあえず半年くらいはこの小僧を足止めしておこうと決めた。

第2章 地下遺跡での邂逅

布袋たっぷりの荷物とレーコを背中に乗せて草原を進む。

歩は焦らずにゆっくりと。急げば急ぐほどに魔王討伐が現実味を帯びていくのだから、ことさらにわしの足は遅くなっていた。

周りに人影はまるでなく、ただ背の低い草が風になびくばかりである。

ペリュドーナからは、いくつかの街に向けて整備された街道が伸びていた。多くの冒険者たちはその道に沿って移動をしていたが、わしらは敢えて街道を外れ草原に踏み込むルートを採った。

できるだけ人気のない方面に行きたかったのだ。

もし叶うならば、誰もわしを邪竜と呼ぶことのない場所へ。

「吹き渡る風が心地よいですね邪竜様……。このひゅうひゅうという風の音は、瀕死《ひんし》の魔王の虫の息を思わせます……」

「爽やかな風に不穏当なイメージを重ねるのはやめて」

しかし、わしの儚《はかな》い願いは背中に乗ったレーコの声で打ち消される。この世のどこに逃げようと、この子はわしを邪竜と呼んでくるに決まっている。

ため息混じりに立ち止まって、足元の草をむしゃむしゃと食べる。草原のいいところはほとんど無限に食料があって、一息つくのに困らないところだ。

「邪竜様。お食事でしたらどうぞ私の魂をおかわりしてくださいませ。いつでも準備万端です」

「魂はすごく甘いデザートみたいなものでな。一度食べるとしばらくはもういいかなって感じになるのよ。普段は平凡な食事の方がいいの」

「しかし邪竜様ともあろうお方が路傍の草を食《は》まれるのは」

「今はそういう気分じゃから。わしが食べたいんだからお主が変に気を回さんでえぇのよ」

むう、とレーコがむくれている気配がした。

彼女にしてみれば、わしにふさわしい食事というのは、生きた雄牛を頭から丸呑《まるの》みにするような行為なのだろう。それに比べれば、今の食事風景は迫力にも欠けよう。

「分かりました。ではせめて飲み物だけでもご用意させてください。飲み物は……手持ちの水と私の生き血と、どちらがお好みでしょうか？」

「うん。水でお願い」

くっ、と悔しそうに唸《うな》ったレーコは、地面に降りて水筒から皿に水を注ぐ。俯《うつむ》きがちに

「私の血では邪竜様の御口《おくち》に……」とぶつぶつ呟いている。ぶっちゃけ怖い。食事のたびにこんな心労をかけられてはたまらない。

「よいかレーコ。お主は草を食うという行為を侮りすぎている」

「……邪竜様？　どういうことでしょうか」

「草木というのは大地から直接エネルギーを吸って生きておる。それを喰《く》らうということは、大地のエネルギーを直《じか》に喰らうも同然なのだ」

　ふむふむとレーコは頷く。

「よって、草は至上の妙味といえよう。わしが長年にわたって生きてきたのも、大地の恩恵たる草があってこそだ」

「そう――だったのですか。不見識で申し訳ありません。人間社会の食事文化に囚《とら》われていた私の不明をどうかお許しください」

「んむ。じゃ、分かってくれたなら今後のわしの食事は普通に水と草ね？」

「はい。もちろんです。まさか草がそんなに凄かったとは」

　答えるなり、レーコは地面の草をぶちぶちとむしって自分の口に運び始めた。

「ちょっとお主、いきなり何やってんの？」

「私も邪竜様に倣って今後は草を食べて生きることにします」

「やめなさいって。根本的に食性が違うんじゃから無理じゃよ。こら、早く吐き出しなさい。お腹《なか》を壊されちゃいかん」

「いいえ、いけます。なんせ私は邪竜様の眷属ですから」

言い張りつつも、その顔は草の渋味《しぶみ》に歪《ゆが》み切っている。

「意地を張らない。お主はまだ眷属になって日が浅いんじゃから、人間の食事を摂らねば身体《からだ》を壊してしまうよ。それにアリアンテがせっかく新しい服をくれたのに、草の汁なんかで汚しちゃもったいなかろう」

方便で説得するも、レーコにしては珍しく反応がなかった。彫像のように身体を固め、遠い空の一点を見つめたまま動かない。

次の瞬間、「げふっ」と緑色の汁が噴き出されて、見事に新調されたばかりの服を汚した。


「見た目が多少華やかとはいえ、これは戦装束です。汚れは勲章と考えましょう」

「前々から思ってたけどかなりポジティブよねお主」

食事は終わって再び草原の道中。

背中で開き直るレーコを改めて見ると、昨日まで着ていた生贄《いけにえ》用の薄絹衣とはずいぶんな違いである。

膝丈までの薄赤い幅広ズボンに、それを覆うように広がった半透明のスカート。上半身には魔除けの意匠が刻まれたローブ。

生地や染料の素材は、貴重な植物や魔物から採取された防護性の高いものである。

いくらなんでも生贄そのままの粗末な身なりでは目立つ上に不憫《ふびん》だろうということで、アリアンテが用意してくれたのだ。この衣服の一揃《ひとそろ》いでちょっとした家が建つという。

それが今、まんべんなく雑草で汚れている。

「どこかで水場でも見つけたら洗濯しようかの」

「ええ。そうするつもりですが、洗濯よりも先に汚れる用事を済ませておきましょう」

レーコは鼻をクンクンと鳴らしている。

「ああ……やっぱり今日から始めるの？」

「もちろんです。邪竜様が少し修行して全盛期の力を取り戻せば魔王なぞ指一本でズタボロのゴミ雑巾にできましょう。その雄姿を拝見させていただくためには、私もサポートを惜しみません」

言うなり鼻先を風上に向けて、

「既にこの草原一帯の魔物の所在は臭いにて摑《つか》んでおります。ご要望あらば、邪竜様の爪の砥石《といし》としてすぐに連れて参りましょう」

「レーコ。前提として今のわしは、昔の身体に戻ってすごく弱くなってることを忘れてないよね？」

「もちろんであります」

「よかった。ちゃんと覚えててくれたのね。じゃあその前提を踏まえつつ、さらに弱いのを連れてきとくれ。もうほんと無害な小動物みたいな魔物で。なんなら本当に小動物でもええよ。なんせ初日じゃからね、無理をしてはいかん」

わしは尋常じゃない早口になってリクエストを付けた。

「承知」

レーコは音もなく背中を跳び立っていく。好奇心の強い若馬でも連れてきてくれればいいと思う。適当に修行っぽく慣れあっていればレーコも満足してくれるかもしれない。

と、レーコは前言通り、すぐに索敵を済ませてきた。

ただし、帰ってくる姿がいささか予想外だった。

若馬どころの話ではない。頭三つに牙六本。人間でいう三面六臂《さんめんろっぴ》を体現する巨大な象の化物を、レーコは片腕一本で持ち上げて生きたままに運んできたのだ。

「さあ邪竜様。今日の練習台です。存分にいたぶってください。この獣も邪竜様の糧となれて本望でしょう」

生け捕りではあっても、象の目は既に死んでいる。

当然のことだが、こんな巨象の怪物にわしが勝てる道理はない。不動を決め込んでいるのは余裕の演技ではなく、単に足が竦《すく》んでいるだけである。

だが、同じことが相手にも言えた。

無造作な投げで地面に転がされた象の化物は、六つの目すべてに涙を浮かべてこちらに頭を下げ始めたのだ。

「あ、貴方《あなた》様が邪竜の大親分様っスか？　お願いするっス。命だけは勘弁して欲しいっス。自分、もう二度と人間は襲《おそ》わないっス。故郷の森に帰るっス」

ひどく恐ろしい目に遭わされたらしい。象の魔物は完全に戦意を喪失しており、わしの前で縮こまって小刻みに震えている。

身を縮めるといっても、今のわしよりはずっと大きいのだが、まるで子犬と錯覚するほどに気迫が委縮している。

「えっとね、お主――」

「ひぃっ。大親分様。どうか例の無間地獄コースだけは勘弁して欲しいっス。死ぬこともできない闇の業火に焼かれて、さらにバラバラの八つ裂きにされて、最後に魂を抜かれて未来永劫《みらいえいごう》の奴隷にされるなんて絶対に嫌っス。お願いします眷属《けんぞく》の姐《あね》さん、どうかお慈悲を執り成して欲しいっス」

傍らに立つレーコは冷めた目で、

「邪竜様の御前で醜い命乞いをするな。貴様の命運は既に邪竜様の手の内。命を惜しむ権利すらもはや失われたと思え」

「ちょっと待ってレーコ。お主はいったいどういう話を吹き込んどるの？」

今の懇願の中には、わしに聞き覚えのない単語が乱れ飛んでいた。

「せめてもの慈悲として、この獣が辿《たど》る冥土への道筋を教えてやったまでです」

道を間違えるにも程がある。そもそも冥土に送るつもりなんか毛頭ない。なぜ無益に命のやりとりなんかをしないといけないのか。

だいたいレーコめ、弱いのを見つけてこいと言ったのになんだこの象は。

わしの眼力で強さを見定めてみると、一流の冒険者が二桁の人数がかりでギリギリ仕留められるほどの魔物だ。流暢《りゅうちょう》な会話ができるほど知能も高く、おまけにどういった種族で能力を持っているかも、わしの知識にない。

「お主」

「どうか、どうか命だけは！」

「とりあえず、さっき言ってたとおり故郷の森に帰るがよい。ただし、もう悪いことはしたらいかんよ」

「い――いいんでスかっス？」

わしは威厳がある風に頷《うなず》いた。

いいも悪いもない。だって、仮に手合わせしたらわしが即死してしまうし。

地響きを鳴らして足早に逃げていく象を静かに見送ってから、レーコがこちらに膝をついて畏《かしこ》まる。

「申し訳ありません邪竜様。やはり、あの程度ではいささか弱すぎましたか」

「そうじゃの」

もはや何も言うまい。

とにかく、実戦形式の修行を積むのはまだまだ時期尚早だとわしは判断した。

「背に乗るがよいレーコ。この近くではわしの練習相手になる魔物はおらぬようだ。ゆるりと行きつつ、修練を積めそうな場所を探すとしよう」

わしが命じると、レーコは背中にひょいと飛び乗って正座する。幼子だけあって軽いが、それでも幾分かの重みはある。荷物だって担いでいる。元から運動不足だったわしには、このくらいの負荷がちょうどいい。現に草原を歩くだけでも結構疲れていた。

あとは、少し早めに走れば――少しは体力を鍛えることができるだろう。

わしは大きく息を吸って、大地を四足で駆け始めた。

決して全力で走っていることをレーコに悟られぬよう、弾む息を必死に殺しながら。

……とはいえ、わしの鈍足では限りがあった。どこの街にも辿《たど》り着《つ》かぬままに勢いは衰え、そのうちに日も暮れてきて、未《いま》だ果ても見えぬ草原のど真ん中で野宿となった。

燃える枯れ木がパチパチと火の粉を弾けさせている。

レーコは相変わらずよく食う。手にしているのは干し魚とビスケット。どちらも保存の利くように水気が抜かれ、相当堅くなっているはずだが、まったく意に介する様子はない。猛獣のような勢いで一人前を平らげたレーコは、ぼうっと夜空を見上げた。

「上をご覧ください邪竜様」

「ん？　どしたの？」

「凶兆の星相が出ています。凶とはすなわち闇を統べる邪竜様の意そのもの。これは天すら邪竜様の覇道を阻めぬという証左です」

ほうほう、とわしは頷いて、

「この際だから内容には触れんでおくけど、お主は星を見るのが好きなんじゃの？　そういえば村を出るときも満月がどうこうと言っておったし」

星を見るのは年相応の少女らしい趣味で安心する。そこに若干の闇を秘めた解釈を絡めてくるのは控えて欲しいけれど。

「好き――というのでしょうか。昔から星の見える場所で暮らすことが多かったものですから、つい夜になると見てしまうのです。人間だった頃の癖を引きずるとは、眷属としてあるまじきことだとは分かっているのですが」

「うんにゃ、構わんって。どうせこの草原じゃ他に暇を潰せるものもないしの。好きなだけ見るとええ」

　するとレーコは「はっ」と何かに気付いた表情となった。

「——了解いたしました。なるほど満月は邪竜様にとって極上の魔力源となる夜よりの供物。ならば眷属の私は月の破片のごとき星の光をいただきましょう」

　わしは「うむ」と鷹揚《おうよう》ぶって答える。

　いつも通り眷属の役割を前面に出した言葉だったが、今回はその奥にレーコ自身の趣味が垣間見《かいまみ》えた気がして、少し愉快だった。

「どうじゃな。これから長い付き合いになるかもしれんしの。星を見ながら互いの話でもしてみんか？　よく考えてみれば会ってからドタバタしきりで、ろくに自己紹介もできとらんじゃろう？」

「僭越《せんえつ》ながら邪竜様。私の短い生涯など、魂を食べられたときにすべてご了知されたはずです」

　あ、そうなの。魂食べたらその人の過去を把握できちゃうんだ。今後は気を付けよう。

　というか、この子の脳内設定がどうなっているか一度紙とかに全部書き記して欲しい。

　その通りに合わせるから。

「あー……そうではなくてな。気分の問題じゃ。単に知っているのと、言葉を介して本人の口から聞くのとでは重みが違う」

「重み……？　よく分かりません」

「つまり、お主から直接聞いてこそ、真に理解を深められるということじゃよ」

言い訳が苦しいかと思ったが、レーコはしばし空を仰《あお》ぎ、やや首を傾《かし》げつつも頷いた。

「かしこまりました。私などの話で邪竜様のお耳を煩わせるのは大変に恐縮ですが、御厚意に与《あずか》りまして卑俗なる人としての半生を語らせていただきます」

「あ、ちょっと待って」

レーコが喋《しゃべ》り始める前にわしは制止をかけて、

「お主、あの村で『高値で仕入れた』とか言われておったよね。ということは、奴隷とかじゃったの？」

「はい。そこを幸運にも買われ生贄に――そして最終的には邪竜様の眷属にグレードアップした次第であります」

グレードアップ？　とわしは内心で思うが口には出さない。

「えっとな。昔のことで喋りたくないこととか、辛《つら》いことがあったようなら無理に喋らんでもいいからの。生贄役として買われてからの話でええ」

村に来て以降なら、そう悪い待遇ではなかったろう。仮にも邪竜に捧げる娘を病気にするわけにはいくまいし、あまり痩せ細らせてもいけない。

あと、ライオットがいた。あの少年は何かと気を配っていたようだし、劣悪な環境にレーコが置かれていたら抗議していただろう。

「ご配慮には感謝いたしますが無用です。生贄として買われる前もとりわけ不当な扱いを受けた覚えはありません」


「本当かの？」

　普通なら安堵《あんど》するところだが、レーコの場合は分からない。酷い目に遭っていても平然とそれを日常として受《う》け容《い》れそうである。

「はい。なんでも私の親は――会ったことはありませんが――人間としてはそれなりに力の大きな者だったようです。その血筋のせいか、私は高級品という扱いだったようで、価値を損なうような目には遭いませんでした」

　だから星が見えました、とレーコは繋《つな》ぐ。

「とりわけ私は逃亡のおそれが少ないとみなされていたので、商人の牢《ろう》から庭に出ることも許されておりました。夜になると、月明かりがよく見えて綺麗《きれい》だったのを覚えています。今にして思えば、あの怪しくも優雅な輝きは邪竜様のご意思を鏡のごとく映していらっしゃったのでしょう。ああ……感謝いたします。あの頃から既に邪竜様は私を見守ってくれていたのですね」

　とんだ誤解である。たぶんその時分のわしは、ひがな一日草を食って寝ていた。

「すると、親御さんは亡くなっとるんかの」

力がある者で存命ならば、むざむざ娘を奴隷の身に落とさせまい。

「おそらくはそうでしょう。物心ついたときには奴隷商のところにおりましたので、あまり親といわれてもピンとは来ないのですが」

「あ、でももしかしたら複雑な事情で生き別れになって、今もお主を探しとる可能性はあるよね？　そのときはお主もわしの眷属を辞めて、親子一緒に暮らすのが理想的じゃよね？　そうと決まれば魔王退治の旅は中断して、一刻も早くお主の親御さんを」

「開け『邪竜の千里眼』。全世界において反応なし。やはりもうこの世にはいないようです」

わしの希望がものすごい勢いでぶち壊された。

「そんなノリで片づけちゃってええの？　もしかしたら見落としとるだけかもしれんよ？」

「邪竜様からいただいたこの蒼《あお》き瞳に見通せぬものはありません。やや残念ですが切り替えていきます。私が邪竜様とともに覇道を往《ゆ》き、人類に平和をもたらすことが何よりの供養となりましょう。草葉の陰から誇らしく思ってくれるはずです」

そう言って、レーコは短く瞑目《めいもく》した。

「うん……そっかぁ……」

わしは肩を落として消沈する。自信満々に語るレーコの牙城を崩せる気がしない。今の一瞬で世界中を探したというのも、この子ならたぶん事実だろうし。

淡々とレーコは話の本筋に戻る。

「生贄《いけにえ》に買われてからは、もっとよい暮らしをさせていただきました。礼拝は今にして思えば愚かしい習慣でしたが、教養として読み書きを教えてくれたのは面白かったです。文句があるとすればあの忌々しい——ライ」

「誰のことを言おうとしてるかは分かったから、あんまり悪くは言わないであげて。わし、どうもあの子が他人とは思えんのよ」

向こうはわしを憎んでいるだろうが、わしは同じレーコの被害者仲間として連帯感を覚えずにいられないのだ。

彼は今何をしているのだろうか。わしに石を投げた件がまだ尾を曳《ひ》いているだろうか。もう少し手厚く弁護してやればよかったろうか。

「——ともかく、私は十年あまりですが幸運な人生を歩めたと思っています。なにせ最期に邪竜様の眷属《けんぞく》にしていただける栄誉に巡り合えたのですから」

「『十年あまり』とか『最期』とか、まるで死に際に人生を振り返るような発言はやめなさい。お主はまだ生きとるんじゃよ？　そこを忘れんといてな？」

「はい。人としてではなく竜の眷属として生きております」

「同じようなもんじゃと思うんじゃけどなー」

実質同じである。眷属なんてレーコの思い込みに過ぎないのだから。

「ま、そしたら今度はわしの番かの。そうじゃな、いつごろの話から――」

言いかけて、はっと口をつぐんだ。

よく考えたら、わしは邪竜として振る舞わねばならないのだから、腹を割って正直に生涯を話すわけにはいかないのだ。要約すると「五千年間ほとんど草食べて寝てた」の一言に集約される情けない人生もとい竜生を語っては、レーコが魔力制御の精神的支柱を失って暴走し、ここに新たな邪竜が誕生するおそれがある。

ちなみにそうなれば当然わしは死ぬ。

「ああ――よく考えたらわしの生涯を語ろうとすればこの夜が永劫《えいごう》に続こうとも足りんな」

結局わしは煙に巻く戦法に出た。汚いやり口だが、嘘《うそ》も苦手な以上これしかない。

だが、話の腰を折られたにも拘《かかわ》らずレーコが見せたのは、意外にも穏やかな笑みだった。

「大丈夫です邪竜様。私は既に、この心へ直接お言葉をいただいております。その長きに渡る生涯の偉業すべてを克明に。その証拠に、私はまるで見てきたかのように思い起こすことすらできるのです。あの大いなる天地動乱の折、返り血に赤く染まった邪竜様が無数の屍《しかばね》の上に立って咆哮《ほうこう》している姿を――」

わしはただ表情を殺して、焚火《たきび》の弾ける音を聞いていた。

――わしにそんな過去はない。

「ところで邪竜様、大した話ではないのですが」

そこで、いきなりレーコが辺りを見回した。つられて同じように視線を追うと、闇に揺れる火の玉がわしらの周りを包囲し、じわじわと距離を詰めてきていた。

ぎょっとして目を凝らすと、火の玉の正体がすぐに分かる。たいまつを持ってじりじりと近づいてくる、馬に騎乗した人間たちの群れだ。

「どうやら盗賊のようです。我らの焚火を嗅ぎ付けて寄ってきたのでしょう。……いかがなさいますか？　始末するのは容易《たやす》いですが、今後も魔王討伐に人間と協力していくご意向であるなら、悪人とはいえここで無暗《むやみ》に殺してしまうのは禍根を残すかもしれません」

「そう、そうよね。お主もそのくらいの良識はあるよね」

「はい。ですから私としては、死体を残さず存在ごと抹消することを提案します。ここでは何も起きなかったということにするのです」

「やめて」

わしはローブの裾を引っ張って切実にレーコを止めた。このままでは取り返しのつかない凶行に走りかねない。

「おうおう。ちょおっと気付くのが遅かったなあ。周りはすっかり囲んじまったから、逃げ道はねえぞお？」

下卑た笑みを浮かべながら手綱を握り、包囲の輪を狭めてくるのは、頭巾を被《かぶ》った髭面《ひげづら》の中年男だ。遊牧民風の身なりをしているのは、おそらく警戒されないための偽装だろう。

移動生活を営む流浪の民を装っていれば、国から国へ移ろいでも不自然ではない。狩場をすぐに変えられるというわけだ。

「──お主ら。忠告するが、大人しくここは引くがよい。命を無駄にしたくはなかろう」

ハッタリではなく、純粋な良心をもってわしはそう言った。万一、ここでわしに対して弓を引く者でもあろうなら、一瞬でレーコがその者を仕留めるだろう。

そしてその間にわしは矢が刺さって死ぬか大怪我《おおけが》だ。

せめて薬の効果を途中で解除できたら、と思う。ここで邪竜たる「レーヴェンディア」の姿に戻れば、威圧感だけで彼らを説き伏せることができるかもしれない。

だが、今は微塵《みじん》の迫力もない若かりし日のミニサイズだ。晩飯の草を食べた後にしっかり適量の薬を飲んだし、まだまだ効果は解けそうもない。

案の定、わしの説得は不発に終わる。

「おう！　こりゃあ珍しい。嬢ちゃんの服装も上等だと思ったら、ドラゴンの方も人語が話せる奴か。こりゃあいい値が付くかもしれねえなあ？」

「そうそう。奇遇だねえ。オレたちも『命は無駄に』したくないんだわ。なんせ死体じゃ価値がなくなっちまうからなあ。──おやどうしたお嬢ちゃん？　怖くて動けねえか？」

チンピラまがいの言動で脅かしてくるが、当然レーコは動けないわけではあるまい。ただ単に動く必要性を感じていないだけだ。

事実、わしが見たところレーコの表情はちっとも揺らいでいない。殺そうと思えば瞬時にこの場の全員を屠《ほふ》れるという余裕をごく自然に纏《まと》っている。

「頭領。こいつら捕まえたら、アジトの奴らと一緒にそろそろ市場に運びましょうや。他の奴らはせいぜい安値の低級奴隷にしかなんねえでしょうが――」

「待て」

偉そうな指示口調で遮る言葉があったので、三下らしい男は口をつぐんだ。

だが、盗賊たちが顔を見合わせて声の主を辿《たど》ると、「待て」を発したのは彼らが獲物と認識している少女――レーコだった。

「あぁ？　嬢ちゃん、命乞いならもうちょっと下手《したて》からするもんだぞ？」

「奴隷を侮るな人間。奴隷となる者には忠実な献身の精神と万事に卓越した技能が求められる。誰にでもできる仕事ではない」

なんか唐突に語り出した。生贄《いけにえ》のときもそうだったが、この子は自分の職責に対してこだわりがやたら大きい。奴隷という仕事を見下した態度が、元・奴隷の琴線に引っかかったのだろう。

「それに、大半の奴隷は自らの身を債務免除の対価として差し出した者だ。貴様らごとき下賤《げせん》な盗賊が、相応の対価を奴隷に与えたというのか？」

「与えねえよ。だって俺ら盗賊だし、無理矢理さらって闇の業者に売るだけだし」

「なるほど。特に適正な対価を与えずに無償で奴隷労働を求めるというのか。注文のレベルが高いな」

「たりめーだろ。対価なんてやってたら盗賊商売上がったりだろうが」

「だが理解しているか人間？　一切の見返りを求めずに一流の職務を果たすハイレベル奴隷は大いに貴重だということを。貴様らのアジトに囚《とら》われている人間に、果たしてそれだけの奴隷の資質を備えた者がいるかどうか……？」

「待ってレーコ。話がズレてきてない？」

わしは背後からレーコの背中をゆすった。

「奴隷の資質っていう謎のフレーズは何？　そんな風に自分から喜んで無償の奴隷になる人はおらんって。きっと拷問とか脅しで無理矢理奴隷にするつもりなんじゃよ」

「恐れながら申し上げますが、それは真の奴隷ではありません。恐怖や苦痛で一時的に気が錯乱しただけの常人です。単に意志の弱い人です」

「盗賊よりもひどい物言いをしてないお主？」

「真の奴隷とは自身の信念に基づいて労を尽くす者です。債務免除のためだろうと、奴隷としての職業意識だろうと、理由はなんでもいいですが――信念なくして真の奴隷はありえません」

すごく弁舌に熱がこもっている。その信念が回り回った結果、邪竜の眷属としての覚醒に繋がったのなら、もう少し肩の力を抜いて生きて欲しかった。

なおもペラペラと奴隷について熱弁を続けるレーコを見て、盗賊たちは笑いだす。

「どうします頭領？　このお嬢ちゃん、口八丁で切り抜けようってつもりっすかね？」

「いやあどうか分からんぞ。ずいぶんと奴隷にお詳しいようだし、一家言持ってるのかもしれん。なんせ俺たちゃ奴隷なんて売り飛ばすばっかりで何たるかを知らんからな。ちょうどいいから、うちの奴隷どもの中でよぉく心得を説いてもらうとしよう」

それは明らかな皮肉の言葉であったが、レーコはふむふむと考えて、

「いかがしましょう邪竜様。敵の言なれど、一考の価値はあるものと思われます」

「本当にさっきから何を言っとるのお主？」

「奴らのアジトには囚われた奴隷候補が大勢いるようです。奴隷の先達として適性を見極め、向いていない者には別の職を勧めようと思うのですが」

「お主の基準に照らすとだいたいの者は向いとらんと思うけどなあ」

だが、囚われている人間がいるなら確かに助けた方がいいだろう。正義感がとりわけ強い方とは思ってないけれど、売られようとする人々の存在を知っておきながら見て見ぬふりをするのは後味が悪い。

まあ、かといって実際わしに何ができるでもない。

この場をどうにかする力があるのはレーコの方で、そのレーコが（大きなニュアンス的

には）人々を助けたいと言っているのだから、わしにできるのはせいぜいその後押しくらいだ。

「そうじゃの。お主がしたいようにするとええと思うよ。だけど一つだけええかの？」

「何でしょうか」

わしの言葉にレーコが耳を傾けたとき、焦《じ》れたように盗賊の頭領が口を挟んだ。

「おおい？　時間稼ぎはそろそろいいかね？　こっちもあんまり気は長くなくてよお——お前ら！　さっさと縛っちまいな！」

曲がりくねった蛮刀を持った男たちが、馬からひらりと飛び降りて一斉にかかってくる。

わしは総攻撃の迫力に一瞬だけ白目を剝《む》きかけたが、何とかギリギリのタイミングでレーコに一言告げた。

「殺したり大怪我させたらいかんよ」

「承知」


——翌朝。

草原を照らす輝かしい朝日の中。

うなだれた大勢の盗賊を背に引き連れ、堂々と先陣を切って盗賊のアジトに闊歩《かっぽ》していくレーコの姿がそこにはあった。

盗賊のアジトは、草原の地面にぽっかりと口を開けた地下洞窟だった。

洞窟といっても、まともな居室もあれば、照明の燭台《しょくだい》までしっかり設けられている。旅から旅への盗賊が急造したアジトにしては出来すぎの場所で、おそらくは古代の遺跡か何かをそのまま流用したものだと思われた。

その洞窟の最奥。

嵌《は》め込みの鉄格子と蛮刀を持った番兵によって封印された部屋が、彼らの商品蔵――つまり、捕らえた人々を閉じ込める檻《おり》である。そしてレーコが目指す場所でもあった。

「れ、レーコ様。この先が檻です。どうぞお好きなようにしてください」

盗賊の頭領が怯えきって案内する。

「分かった。ここから先は私と邪竜様だけでいい。お前たちはおとなしく待っていろ」

答えるレーコの風格は完全にボスのそれである。

「ええ。そりゃあもちろん。だから頼みます。俺らの身柄はどうか近くの町の警備兵に引き渡すだけで勘弁してください。どうか、どうか血の煉獄《れんごく》の刑だけは――」

「一人でも逃げたら許さない」

「と、当然です！　おい、分かったなてめぇら！　絶対に逃げるんじゃねえぞ！　逃げたら邪竜様が魂にまで憑《と》りついて死んだ方がマシな呪いを受けるからな！　それに比べりゃ獄中暮らしの方がよっぽどいいってもんだ！」

一斉に同意の頷きを見せた盗賊たちは、洞窟の広間に戻って全員が正座で待機を始めた。逃げようとする者はおろか、誰も微動だにしない。

「ご覧になりましたか邪竜様。あれが恐怖に負けて他者の言いなりになった人間です。哀れなものでしょう。自らの信念で他者に忠実となる『奴隷』とはまるで別物なのです」

えっへんと胸を張っている。

地下洞窟の居心地に、かつて住んでいた山奥の洞窟の平穏さを思い出しながら、わしは気のない相槌《あいづち》を打った。

そのまま案内された通路を進み、檻の手前にまで来る。

格子の中を覗《のぞ》くと、数名の人間が囚われていた。装備が垢抜《あかぬ》けないまだ駆け出しの冒険者や、子連れの商人一家らしき集団がいる。誰もが憔悴《しょうすい》した顔つきで、怯えたようにこちらを見ていた。

そのときレーコが見せた表情をどう解釈すればいいのか、わしにはよく分からない。まるで飽食を尽くした美食家が、下町の屋台料理を冷やかして「こんなものは料理といえぬわ」と嘲笑《あざわら》うような感じだったのかもしれない。「こんなものは真の奴隷といえません」とでも言うかのように。

ともかくその表情から確実に読み取れたのは、彼らの中にレーコの求める奴隷資質を備えた者はいなかったということである。

当たり前だ。そんな人間がこの世にもう一人でもいたら、わしは泣く。

「少しだけ期待しましたが、やはりこんなものですか。そう簡単に一流の者というのは見つからないようです。まるで奴隷の信念が感じられない……三流以下の人材ばかりです」

嘆息するレーコを檻の中の面々は不安そうに見ていた。

たぶん、奴隷商人が買い付けに来たと勘違いしているのだろう。難癖を付けて価格を下げようとするのはありがちな交渉術だ。

この子の場合、難癖ではなく本心から失望しているのだろうが。

レーコは無造作に鉄格子を握って、ぐにゃりと押し広げた。

「失格を言い渡す。お前たちは奴隷の道を極める資質を備えていない。どこへなりと行くがいい」

檻の中をどよめきが駆け抜けた。何を言っているか分からないのだろう。わしもだ。

「あの……商人の方では？」

赤子を抱えた婦人がおずおずとレーコに尋ねる。

「違う。私は邪竜様の眷属《けんぞく》。さあ行け」

説明が足りていない。仕方なく、わしはレーコの前に歩み出る。

「あー。なんじゃ。このレーコはちょっと変わり者じゃが、腕利きの魔導士でな。ここの盗賊どもを討伐して、お主らのことを助けに来たんじゃ。もう大丈夫じゃから、どうか安心して」

「本当ですか⁉」

一気に囚われの人々が立ち上がってわしに詰め寄ろうとしたが、それを阻むようにレーコが恐ろしいまでの気迫を発した。

「邪竜様の御前で騒ぐな。無礼者どもめ。このお方を誰と心得る。悠久の時を生きし古《いにしえ》の邪竜。魔王すら粉砕する力の持ち主――その名も」

「ちょっと、ちょっとタンマ。話をややこしくしないで。わしはただの荷馬代わりの駄竜。お願いだから最初に決めた設定を貫いて。隙あらばわしの悪名を広めようとするのやめて」

わしは後脚で二本立ちになって、宥《なだ》めるようにレーコの両肩を揺らす。

「……なるほど、遠大な考えがあるのですね。承知いたしました」

ですが、とレーコは逆接で区切り、

「あまり気安く話されては、邪竜様の懐の広さに感激した者たちがこぞって眷属の門を叩《たた》いてくるのではないかと思いまして。実力不足の者は足手纏《あしでまと》いにしかなりません。どうぞその点ご留意を」

「心配せんでも、そんな変わり者はお主しかおらんと思うよ」

わしは率直に答える。客観的に見れば今のわしは、喋ることのできるちょっと珍しい動物くらいなものだ。その言葉に感化される人間などいるはずがない。

そんな至極当然の理屈を言ったつもりだったが、なぜかレーコは眼《め》を丸くしていた。

「私だけ、ですか」

「あ、別に悪い意味じゃなくてね。変わってる——もとい個性が強いのはええことだと思うよ。けど少し周りを冷静に見る目を持ってね。世の中の常識というものを学んで」

しかし、わしの言葉は大してレーコの耳に届いていないようだった。

不気味なニヤニヤ笑いを浮かべて、「ふふふふ」といううわごとじみた忍び笑いを口の端から垂れ流し続けている。

なんか喜んでる。

棒立ちで怪しく笑うレーコの隙を見て、わしはヒソヒソ声で人質たちに語り掛ける。

「どうするかの。このまますぐ逃げてもええと思うけど、かなり疲れとるじゃろう？　すぐ外に出て魔物と出くわしてもいかんし、近くの町から人を呼んできて保護してもらおうと思うんじゃけど」

レーコの危険性を察したらしい人質の若い冒険者も、レーコに聞こえぬヒソヒソ声で、

「ぜひ、そうしてください。非戦闘員の女子供もいます。このまま洞窟を出ても、全員が無事に町まで行けるか分かりません。ところで……」

冒険者はよりいっそう声を落として、

「ドラゴンさん、あなたは逃げないのですか？　見たところ、あの恐ろしい少女に捕まっているようですが……」

「……ほんとにね。そうしたいけどね」

わしは危うく、正鵠《せいこく》を射た冒険者の言葉に涙するところだった。

けれど泣いてはいけない。わしを泣かせた者がいるとあっては、レーコがそれを許すわけがない。本当の意味でわしを泣かせているのはレーコなのだけれど、自覚はあるまい。

涙声を隠しつつレーコに命じて、盗賊たちの保存庫から食料を運んできてもらうと、埃《ほこり》まみれだった彼らの顔に僅かな笑みが戻った。

きっとロクなものを食べさせられていなかったのだろう。

「さて、そんじゃ近くの町から警備兵でも呼ぶかの……」

洞窟の出口の前に差し掛かって、ふと気付いた。

「ところでレーコ、一番近い町ってどのへんかの？」

「並みの馬でなら丸一日はかかるところですが、邪竜様の翼をもってすれば瞬《まばた》きの間かと」

「ごめん。実はわし、昨晩うっかり寝違えてしまっての。今日は翼を出したくないのよ」

「では不肖ながらこの私がご助力を」

どうしよう。二度と飛ばされるのは御免だ。生きた心地がしないし、何より移動の決定権をレーコに握られてしまうのが恐ろしい。

「――お主には分からぬか、レーコ。今日の空には不穏な風が吹いておる」

「邪竜様……？」

「風を制することのできるわしはよい。だが、お主はまだ空の恐ろしさを知らん。ここで安易に空を舞えば、わしは大事な眷属を失うことになるやもしれん」

言いながら、洞窟の出口から覗く空が快晴なことに気付く。だが、レーコはまるで「疑う」という概念を喪失しているような素直さで、深々と頷《うなず》いた。

「――なるほど。この広大なる天空は未《いま》だ若輩の私には険しい領域というわけですね。もったいないお気遣いでございます。ならば、陸路にての道行きと参りましょう」

それはそれで困る。囚われて弱っている人たちがいるのだから、わしの鈍足で長々と待たせるわけにはいかない。

かといって、レーコ一人に町までの遣いを頼むわけにはいかない。この子を一人でお遣いにやるなど、炸裂《さくれつ》寸前の爆弾を無責任に放り投げるようなものだ。最悪、遣いに送った町が地図から消えるおそれがある。

わしはどうしたものか悩んだ。洞窟の中をウロウロしながら迷った。

そこでふと目に付いたのが、広間でじっと正座を続ける盗賊の頭だった。

「ほ、本当に俺なんかでいいんですかい⁉　俺なんかがレーコ様の随伴役だなんて！」

「ええのええの。お主が町の警備兵に説明して、ここに人質保護の馬車を呼んでくれれば何も問題はないから。しっかりお主が務めを果たしてくれれば、一切の手出しはしないようレーコには伝えてあるでの」

手出しはおろか、一切口を利かないように念押し済みだ。

「じゃ、邪竜様はどうなさるおつもりで？」

「ほれ。わしはお主の子分たちを見張らんといかんじゃろ？」

「滅相もありません！　もう俺たちは悪事なんて一切しないと誓います！　何なら全員鎖でガチガチに縛っていただいても構いませんから！　どうか、どうかレーコ様の随行だけはお許しください！」

ほとんど泣きながら懇願する盗賊の頭の襟首を、背後からレーコが摑《つか》んだ。

「喚《わめ》くな。貴様が責務を忠実に果たせばいいだけのこと。罪人にすら償いの機会を与える邪竜様の温情を無駄にするつもりか。文句があるならこの場で一族郎党を斬り捨てる」

「ひぃっ。違うんです。決して嫌とかおっかないとか、そういうんじゃなくてですね、邪竜様に見張りなんて低俗な仕事をさせるわけにはいかないと思っただけで――」

「低俗？　見張りを買って出た邪竜様に対する冒瀆《ぼうとく》か？」

「違います！　違います！　お願いですから眼を蒼《あお》く光らせないでください！」

なんだかわしは断頭台に罪人を送り出す処刑人の気分になった。

非常に申し訳ないが、数々の罪を重ねてきた報いだと思って耐えて欲しい。きっと町に着くまでの間、地獄のような気まずさだろうけど、常識人の彼がいればきっと上手《うま》く説明してくれるだろう。

「そんじゃ、行ってらっしゃい。気を付けてな」

「心得ました。明日には戻ります」

盗賊の頭は馬を駆り、レーコは徒歩――ただし人間離れした速度の駆け足で、アジトの洞窟を発《た》つ。

早馬が人間に追い立てられている光景は、遠目に見ても異様なものだった。

草原の向こうに小さな影が消えたのを見届けて、わしはにわかにウキウキし始める。なにしろ、盗賊の面々は別として、囚われていた人たちはわしを「レーコに捕まっている気弱なドラゴン」と正確に認識してくれているのだ。これもひとえに、アリアンテがくれた若返りの薬のおかげである。

今なら気を張らずに、飾らない弱音を存分に吐けるというものだ。

人間たちには既に食事を運んである。共に食を囲んでこそ弾む会話もあろうと思ったので、わしは洞窟の奥に進んだ。こういう地底洞の奥には、キノコや苔《こけ》が生えていることが多い。青草は昨日から腹いっぱい食っているので、珍味を楽しむのもいいだろう。

奥へ進む。盗賊たちが立てていた通路の明かりは消えていたが、嗅覚で苔の匂いを捉えていたわしには大した問題はなかった。

だが、それが間違いだった。

かちり、という音が足元から響いたときには、もう遅かった。同時に足に踏みしめていた地面の感触が消え去る。

――落とし穴。

叫ぶ間もなく洞窟の地面が真っ黒な口を開き、わしを地底の奥底へ吸い込んでいった。


目を覚ましたとき「ここはあの世か」と最初に思った。

まるで音がない世界だった。目の前に広がる洞窟のような空間には、この世のものではないような青白い薄明かりが満ちていて、彷徨《さまよ》う死者の魂ではないかと思えた。

わしも人魂《ひとだま》になっているのか――と慌てて身体《からだ》を見るが、そこはきちんと爪付きの手足が生えそろっていた。

やや落ち着いてじっと目を凝らすと、どうやらここも単なる洞窟のようだった。幻想的な薄明かりは、壁面に生えた発光性の苔が放つものだ。

「なんでわし、こんなとこにおるんじゃっけ……？」

記憶を捻《ひね》り、そうかと思い出す。盗賊のアジトで珍味探しをしていて、罠《わな》の落とし穴に嵌《はま》ってしまったのだ。

落ちてきた穴を振り返って見ると、垂直落下のものではなく、どうやら長い滑り台になっているようだった。斜度がきつい上に、石造りの斜面はつやつやに磨かれていて、よじ登ることは手に吸盤でも付いていない限り不可能そうだ。

「……まずいの」

盗賊のアジトの地下洞窟の、さらに地下まで落とされたらしい。どんな用途のために作られた空間かは分からないが、罠が入口なのだからまさか歓迎のためではあるまい。

出口の手がかりはないか――そう思って一歩を適当に踏み出したとき、何かを「ぱきり」と踏んだ。

骨だった。

「……おんわぁっ！」

わしは間抜けな悲鳴を喉に詰まらせて、猛烈な勢いで後ずさって壁に尻をぶつけた。

ドキドキする心臓を深呼吸で宥《なだ》めつつ見れば、どうやら獣の骨のようだった。馬や牛などの四足獣の形をしている。

「この洞窟に迷い込んで落ちてしまったんかの……？　かわいそうに」

盗賊たちがこの洞窟を根城にしたのは最近のことだろう。以前はずっと放置されていたのなら、草原から動物が入り込むこともあったかもしれない。

怖い。

鼻で嗅いだ限り、洞窟の先から危険な獣や魔物の匂いはしない。かといって何の保証もなく前に進む度胸はない。

ここは、レーコを待つのが最善かもしれない。一日すれば戻ってきて、すぐにわしを見つけてくれるだろう。いい洞窟があったから昼寝をしていたとでも言い訳すれば罠に嵌《はま》ったこともごまかせるだろうし――ダメだ。

丸一日を待っている間に、薬の効果が切れて元の身体のサイズに戻ってしまう。あまり広い洞窟ではない。巨体に戻れば最後、落盤を巻き起こして埋もれ死にだ。

だが、うずくまってしばらく解決策に悩んでいると、滑り落ちてきた穴のすぐそばに一冊の書物が落ちているのに気付いた。

近寄って爪先で様子を確かめてみると、湿気まみれの洞窟に放置されているというのに、まったく紙に傷んだところがない。特殊な紙でできているようだ。

暗闇でも読めるよう、光るインクで記されたその表紙には、遥か昔に人間たちが使っていた古代文字でこう書かれている。

『探索の留意書』

人が読むために作られた書物をわしの手でめくるのは、特に神経を使う。だが、そこに書かれていた内容はわしに大いなる希望を与えた。

なんでもこの書物は、ギルドという存在が生まれる前の冒険者たちが、迷宮や危険箇所に対してせめてもの情報共有にと互助精神をもって記したものであるらしい。

『――この洞窟は、かつてこの周辺に住んでいた狩猟民族が、彼らの神を崇めるために作った神殿である。生け捕りにした獲物の身体に財宝を括《くく》りつけ、地下に送り込んで神への生贄《いけにえ》とする風習が彼らにはあった。

だが、過去の盗掘者の手によって財宝のほとんどは失われており、残っているのは半ば風化した獣の骨のみである。現在は完全な風化遺跡となっており、魔物や危険生物の生息は確認されていない』

丁寧なことに、かつて盗掘者が掘った出口までのルート図まで描かれていた。多々列挙される注意事項を見ても、あまり気になるものはない。

『大雨が降り続くと地下水で水没する危険がある』

『苔で滑りやすいので足元に注意すること』

『危険性が薄いため、冒険者の子が遊び場とすることがある。動くものがあっても即座の攻撃は控えること』

当時の生活感が窺《うかが》える微笑《ほほえ》ましい注意事項である。わしはすっかり緊張を解いて、うむうむと頷いた。

「うんうん。要は、大昔に掘り尽くされてしまった安全な洞窟なんじゃな。これなら、わし一人でも抜けられそうじゃの」

鼻で感じていた危険の不在を、この書物が後押ししてくれたことが効いた。

子供が遊び場にしていたくらいに安全な場所なのだから、滑って転ぶ以外の危険性は排除してよさそうだ。今日は快晴だったから水没の心配もない。

それで、つい最後の一文を流し読みしたまま、深く考えもしなかった。

『獣を使役する冒険者は注意すること。人と共に入るなら害はないが、獣一匹で歩みこませたならば、彼らは骨となって帰ってくる』

このときのわしは、安堵《あんど》感からすっかり忘れてしまっていたのだ。

人間基準でいえば、わしも「獣」の部類に入るということを。

「いやあ本当に昔の人に感謝じゃわい。ええと、こっちを右じゃったの」

本は釘《くぎ》付きの鎖で壁に固定されており動かせなかったが、内部の迷宮の地理図はすっかり覚えた。迷っても引き返せるように、苔を削って地面にマーキングもしてある。

「そんでこっちを左に曲がって――最後の部屋をまっすぐ抜ければ地上までの道と」

何ら手違いなく道筋を辿《たど》っていくと、ぬかるんでいた地面が唐突に硬い感触になった。

出口の盗掘路のちょうど手前。

地図に記されていた唯一の「部屋」と呼べる空間は、床から壁、天井に至るまでがすべてレンガのごとく均一に切り出された、天然石のブロックで築かれていた。

石室というやつか。

古代の王族の墳墓がこのような造りであったと聞いたことがある。

わしは言い知れぬ不気味さを覚えた。石室のいたるところに、弓矢や槍《やり》を持った男たちが草原の獣を追い立てる壁画が描かれている。

「……さっさと出よ」

ここはわしのいていい場所ではない。直感的にそう思って、足早に部屋を通り過ぎる。盗掘者の手によって石のブロックが崩された一角を抜ければ、すぐに地上までの上り坂だ。

そのとき、二つの出来事が同時に起こった。

一つ目はわしの足に付いていた苔が石室の平坦《へいたん》な床で潰れて、盛大に滑り転んだこと。

そしてもう一つは、転んだわしのすぐ頭上を掠《かす》めて、凄《すさ》まじい勢いの矢が通過していったことである。

「はい？」

石室の壁に黒い矢がざくりと突き立ち、矢羽をまだ震わせている。

あんなものがもし当たっていたら、わしは入口に転がっていた獣の骨と同じ運命を辿っていたであろう。

「わ、罠か。危なかったわい。いやあ幸運じゃった」

しかし、即座に違和感を覚えた。

あの案内書には「子供が遊び場にしている」とすら書いてあった。矢を放つ罠があるような場所で子供を遊ばせるだろうか。

「……冒険者の子供っていうのはすごいんじゃなあ。小さい頃からこんなので鍛えてたら強くもなるよね」

強引にそう解釈してから、わしは矢の放たれてきた方を敢《あ》えてにこやかに振り返った。

そうとも。だって、罠じゃなければもっと恐ろしい。

罠じゃなければ、誰かがすぐ傍で矢を撃ったことになるじゃないか――

「エモノ、狩ル」

不安的中。なんかいた。

一言でいうなら『黒い人間』だ。しかし、人型ではあっても決して本物の人間ではない。腕や首は不自然に長く、拳や足先は常人の倍以上に大きい。バランスの歪《いびつ》な人型の異形である。

黒一色の身体にはオレンジの文様が刻まれているが、果たしてそれが衣服なのか刺青《いれずみ》なのかははっきりとしない。明確に衣服といえるのは、目元を隠す黒の頭巾と、腰に巻いたボロ布だけだ。

そんな奴が、真っ黒な弓矢を構えて、第二射をきりきりと引き絞っていた。

「いやぁああぁ――――っつ！　出たぁああ――――っ！」

わしは半狂乱で逃げ出した。逃げ出した瞬間に、今までいた床に「ずだんっ！」と矢が突き刺さる。

退却。苔に覆われた洞窟迷宮に飛び込んで、右へ左への逃走を繰り返す。が、覚えた地図の内容は恐怖に吹き飛び、あっという間に袋小路に突きあたった。

わしは汗を噴き出し、息を殺しながら肩を上下させる。

――そういえばわしって、獣じゃん。

忘れていた。知能は人並みにあってもトカゲはトカゲである。獣のカテゴリだ。

あれはきっと、ここに祀《まつ》られている狩猟の神なのだろう。わしのことを捧《ささ》げられた動物だと勘違いして、狩りの獲物にしようとしているのだ。

どうしよう。こんな陰気なところで死んでしまうなんて。最期はせめて日の当たるところがよかった。

必死に耳を澄ませても、化物の足音一つ聞こえない。

だが、あの異様な姿がいつ目の前に現れるかと想像するだけで、わしの精神がゴリゴリと削れていく。

頭を抱えて打開策を考える。

あんなのに真っ向から挑む選択肢はない。なんせ神様である。あの書物が正しいなら、戦闘用に訓練された冒険者の使い魔すら狩ってしまう存在なのだ。

どうにもならない。わしなんてあっさり生贄《いけにえ》にされてしまってお終《しま》いではないか——

——生贄？

ちらりと頭の中で、初めて会ったレーコとのやりとりがフラッシュバックする。

仮にあのときのレーコがこの状況に遭遇したらどうするだろう。生贄としてあの神に捧げられたのだとしたら。

おとなしく生贄になるだろうか？

いいや、おそらく論理がアクロバットな展開をして、結局生き残りそうである。あの子が簡単に死んでしまう絵面が想像できない。たとえ魔力が覚醒せずとも、だ。

「どうせ死ぬだけじゃ。やってみるかの」

長生きしすぎた身だ。死の覚悟はここ数日で何度も済ませた。大袈裟《おおげさ》に足音を立てて袋小路から飛び出る。

そして、洞窟中に響くように叫んだ。

「おぉーい！　狩猟の神様殿！　わしは貴方《あなた》様の生贄として捧げられた駄竜にございまする！　さあ、どうぞいかなるようにもお喰《く》らいくだされ！」

地面に背中を付けて四肢を開き、完全に無防備な服従のポーズを取る。

その姿勢を取るなり、どこからともなく飛んできた矢がわしのすぐ横に突き立った。

それでもわしは動かない。まあ実際、動きたくても腰が抜けて動けなかったのだけれど。

洞窟の中には、きりきりと弓を引く音だけが静かに響いている。

「わしは逃げも隠れもしませぬ。偉大なる狩猟の神である貴方様の弓にかかるなら獣として本望というもの。さあ、慈悲があるならば我が心臓を射抜いてくださいますよう願います」

レーコならかくもあろうという台詞《せりふ》をトレースする。思った以上にスラスラと出てくるのが自分でも何か嫌だった。トラウマになって脳に深く刻まれたのだろう。

永遠とも思える数秒がそのまま経過する。

いつの間にか弓を引く音は消え、代わりに苔《こけ》むした地面を踏む湿った音が近づいてきた。

「オマエ、ニゲナイ？」

ぬっ、と狩りの神がわしを覗《のぞ》きこんで来る。頭巾に隠されて目鼻は見えず、白い歯の覗く口だけが真っ黒な顔の中に動いている。

「に――逃げませぬ。わしの命は既に貴方様に捧げたものでありますゆえ」

「……？　オマエ、ヘン」

やっぱりあなたもそう思いますよね、とわしは異形の神に共感した。

「マッテロ」

すたすたと神様が迷路を引き返していき、しばらくして戻ってきた。その手には水をたっぷり吸わせた苔が乗っており、それをわしの額にぺたりと乗せて、

「チョット、アタマヒヤセ。オマエ、ツカレテル」

久しぶりに触れた純粋な優しさに――わしは声を上げて泣きじゃくった。


「……でね、わしはもうすっかり疲れちゃったのよ。もう本当にこのままだと胃に穴が空きそうで……」

「ナカナイデ。ゲンキダシテ」

わしと狩りの神様（略称：狩神）は、石室で肩を並べていた。

三角座りでわしの話に耳を傾けてくれる彼は、いざ話してみればすごくいい奴だった。

見た目はめちゃくちゃ不気味だが、れっきとした神様である。邪悪な魔物ではないのだ。

こちらが神の狩りにふさわしくない存在――つまり貧弱すぎる相手だと分かると、すっかり弓矢を収めてくれた。冒険者の使い魔を殺したというのも、実際は遺跡荒らしの盗掘者が放った魔獣を始末したというのが真相らしい。

「サッキマデ、スゴイノ、上ニイタ。アレ、レーコ？」

「そうそう。お主、勘がええね。ちょうどさっき近くの町に向かったとこ」

「アレ、ツヨイ。トテモツヨイ。ニンゲンチガウ。キケン」

「人間は人間じゃって。ちょっと思い込みが過ぎる子なだけ」

「スゴイ」

狩神は片言ながらしきりに感心していた。神様にすらレーコの覚醒は信じられない出来事らしい。なんなのだろう、あの子は。

ひとしきり愚痴を聞いてもらってすっきりしたわしは前脚で涙を拭い、

「ところでお主はここに住んどるの？」

「ソウナノ」

「大変じゃのう。冒険者が荒らしに来たり盗賊が根城にしたり、騒がしかろう」

「ウウン。ゼンゼン。モウ、タカラモノ、ナイ。ココ、ダレモコナイ」

相変わらず表情は頭巾で隠されているが、どことなく寂しそうに見えた。それでも久々の訪問者（わし）を最初は容赦なく殺そうとしたあたり、狩りへのプライドは相当なのだろうが。

「もう誰もおらんなら、人の多いところには移り住めんの？」

「ボク、ココノ神。ホカノバショ、イケナイ」

「難儀じゃな。何かわしにできることがあればいいんじゃけど……」

「ホントウ？」

　狩神は無邪気さすら窺《うかが》わせる声色でそう言った。

「おうとも。お主には長々とわしの情けない話に付き合ってもらったでの。わしにできることなら何でも言ってくれ」

「ヒサシブリニ、ソト、デタイ」

　わしは首を傾《かし》げて、

「外には出られんのじゃなかった？」

「イツモハ、デラレナイ。ケド、狩リヲ教エルトキ、トクベツ。草原、イケル」

「ああなるほど。狩りの神様じゃから、教えるのも仕事なんじゃな。偉いのう。昔は人間に教えとったの？」

「ウン。タクサン教エテタ」

　んむんむ、とわしは笑顔で頷《うなず》いた。

「じゃあ決まりじゃの。上の草原でわしに狩りを教えとくれ。いやね、わしも正直少しは身体《からだ》を鍛えんといかんと思ってたのよ。神様の指導が受けられるなら願ってもない機会じゃよ。といっても、狩りなんてやったことないからお手柔らかにお願いね」

「……イイノ？」

「そりゃええとも。困ったときは助け合いというやつでな」

三角座りで固まっていた狩神は、無機質な動作で立ち上がった。

「……アリガトウ。上、イク」

彼がそう呟《つぶや》くと、周囲の光景がいつの間にか塗り替わっていた。月が照らす夜の草原だ。

盗掘路を抜けるまでもなく、彼の手によって地上に飛ばされたらしい。

と、夜空を見て思い出した。

「おっと。いかんいかん。長話ですっかり忘れとった。ちょっと薬を取って来てええか。

さっき話した若返りの薬ね。あれがないとわし、元の姿に戻っちゃって賞金首扱いなのよ。

こんなに遅くなっとるとは思わんかった。そろそろ効果が切れてしまうわい」

「コレ？」

なんと、準備のいいことに狩神は小樽《こだる》を両手に抱え持っていた。

「ありがと。それそれ、いやあ助かったわ」

受け取りにわしが一歩を踏み出すと、なぜか狩神は一歩引いた。もう一歩踏み出すと、
狩神はさらに一歩引いた。

「なんで引くの？　それが飲めないと困るんじゃけど」

「狩リトハ全力ヲ尽クスモノ。弱クナル薬ヲ飲ンデ挑ムナド許サヌ」

あれ？　とわしは嫌な予感を覚える。

「お主さ、気のせいだとは思うんじゃけど、ついさっきまでと人格変わってない？」

出会い頭に矢を放ってきたときのようなおどろおどろしさが復活している。

「妥協ハ許サレナイ」

あっ。

心の友に巡り合えたと思ったら、やっぱりアレな人（神）だった。危機を感じて「やっぱりちょっと体調不良で」と逃げようとしたわしの背中に、まるで騎手のように狩神が乗りかかってきた。

「サア、ユクゾ。ヒサシブリニ、血ガ騒グ。心配スルナ。イマカラオマエヲ、立派ナ猟犬ニシテヤル」

「後生のお願いだから優しかったお主に戻ってくれん？　わし、ちょっと運動したいだけで別に猟犬になんてなりたくないし。何よりこのままだと小便をちびりそう」

「キリキリ走レ！」

狩神の黒い腕が形を変えて伸び、片手はわしの口を縛る轡《くつわ》に、もう片手は鞭《むち》となった。

そしてわしの背中をびしばしと叩《たた》いて、一切の反論を許さずに全力疾走を命じる。

「あぁぁぁあ――――――――っ！」

わしは悲鳴と悲哀を絶叫しながら走り続けた。

「ウルサイ足音ヲ立テルナ！　自然トヒトツニナレ！」

「全速力で走って足音立てないなんて無理じゃって！　それにわし自然じゃないもん！

竜だもん！」

「オマエガ食ッテイルモノハ、ナンダ⁉」

「草とか木です！」

「ソレハ自然ダ！　ツマリ、オマエは自然ダ！」

「ちょっとお主それは論理に飛躍がありすぎぎゃあっ！」

口答えには鞭が来る。こんなことなら指導してくれなんて言わず、永遠に地の底に見捨ててておけばよかった。

いつしか薬の効果も切れ、ずしんずしんと巨体の足音を草原に響かせて、わしは神様直々の拷問じみた指導を一晩中受け続けた。


「邪竜様が怒っておられる……！」

後から聞いた話では、アジトの盗賊たちはみんな、わしの立てる絶叫と地響きにそう言って怯えていたらしい。


地平線の先が夜明けに白み始める頃、わしは明確に死を感じた。草原を羽ばたく蝶《ちょう》は黄泉《よみ》への道案内だろうか。五千年の生涯の終わりをいよいよと感じ、柔らかな背高の草に埋もれながら、わしはゆっくりと目を閉じ――

「オキロ！」

「んぎゃあっ！」

ところが、鞭で叩かれて安らかな往生は妨げられる。瞼《まぶた》の裏のお花畑は一瞬で遠ざかって、目に戻ってきた現実の風景は、夜明け間際の草原である。

「一晩カカッテ、兎《うさぎ》スラ狩レントハ。ココマデニブイ猟犬ハ、ハジメテダ」

「だってしょうがなかろう。まずわし猟犬じゃないし。意味もなく狩るなんて兎がかわいそうじゃろ」

まあ、兎の方とてわしに心配される筋合いはない。彼らの方がずっと足が速かった。

「マアイイ。基礎ハ教エタ。アトハ、オマエシダイ。死ニタクナケレバ、ツヅケロ」

「毎日こんな徹夜の運動してたら、それはそれでわし死ぬと思うんじゃけど」

しかもレーコの目を盗んで敢行するのは至難の業だ。

ため息をついて今後の苦難に思いを馳《は》せていると、狩神が背中を下りてぽんぽんとわしの頭を優しく叩いてきた。

「ダイジョウブ。キット、ナントカナルヨ、ガンバッテ」

「お主って狩りモードとそうでないときの落差がほとんど二重人格よね」

「スッキリシタカラ、ソロソロ、カエルネ」

「体のいい玩具《おもちゃ》にされてしまった気がするの」

狩神はずっと没収していた薬の小樽《こだる》を地面に置き、わしに向かって握手を求めるように手を差し出してきた。もはや手を伸ばすのも辛いほどわしは疲弊していたが、それでも律儀に狩神は手を差し出し続けていた。

無下にもできない。なんとか身を起こして、片腕の爪先を触れる。

「オマケデ、ソッギョウ」

狩神がそう言うなり、彼の腕がぐにゃりと粘土のように変形する。また鞭になるのではとわしは腰を引いたが、そうではなかった。布か包帯のような薄い皮膜の形状となって、わしの巨大な右前脚を、握手の姿勢のままに丸ごとくるんだのだ。

「あの、この変な握手は何かの？」

「ブキ、アゲル」

変形させた腕がするりと引かれる。すると、解かれた右の爪に変化が生じていた。生まれつき白色だった爪が、まるで狩神から色移りでもしたように黒く染まっていたのだ。

「え？　これ大丈夫？　何かの病気とかじゃないよね？」

「シッケイ、ナ」

不安になるわしだったが、幸いにも色はすぐに薄れていき、やがて元の白色に戻った。

「ソレデ、ナジンダ。爪ニチカラ、イレテ」

「こうかの？」

ふんっ、と力んでみる。爪が一瞬で先の黒色を取り戻し、わずかに鋭く伸びた。

──ただし、伸びた長さはハエ一匹分にも満たない。

切れ味を確かめようと地面に爪を突き立ててみると、元の白色の爪と大して変わらない鈍い掘り心地だった。となると。

「なあ狩神様。この武器ってどう使うものなの？　こんな有様じゃ、普通に爪として使うわけではないんじゃろ？」

「アッ……」

狩神は言葉を失っていた。その気まずそうな呻《うめ》きで、わしはすべてを察した。

きっと、この武器は使うべき者に与えられれば相応の性能を発揮するのだろう。

ここまで残念な代物になってしまったのは、彼としても初めての体験に違いない。

「……エエト、ガンバッテ……」

見えもしない目元をさらに隠すように、頭巾をより一層に深く被って、狩神は逃げるかのように姿をかき消した。地下に戻ったのだろう。

なんだろう。神様にここまで気を遣わせてしまったのがすごく申し訳ない。

どっと疲れが襲《おそ》ってきて、わしは腹這《はらば》いに倒れ込んだ。辺りに地響きが鳴り渡り、周りの草むらから小鳥が一斉に飛び立っていく。

うとうとしてきた。

このまま朝日を浴びながら眠ってしまうのもいいんじゃ――

「邪竜様！」

遠方からの呼び声に、わしの身体《からだ》はバネのごとく跳ね上がる。

怯えながら声の元を探ると、遥か地平線の先に小さな人影があった。尋常ではなく速い。

風が人の形をとったかのように、重みを感じさせない滑らかな疾駆でこちらに迫って来る。

まばたきを三度もする間に、レーコは土煙を立ててわしのそばに急停止した。

「ただいま戻りました。町の番兵もじき到着します」

「うん。お疲れ様。すまんね」

「とんでもございません。この程度の遣い、息をするよりも容易《たやす》いことでございます。ところで邪竜様……見たところ、お疲れのようですが」

わしは身をこわばらせた。いけない。スパルタ指導で疲れ果てたなんてことがバレたらレーコはきっと幻滅してそのまま暴走一直線だ。

「いや、違うのよ。これはね」

「――やはり、あの時の古傷が疼《うず》くのですか」

「あ、そうそう。それにしといて。どんな由来の傷かは深く掘り下げないけど」

「しかし難事です。その傷が血を求めて疼けば、邪竜様は近く破壊の限りを尽くしてしまうのでは？」

「もうちょっと普通の古傷はないのかの」

どうしてわしに関するすべての事象に残忍なイメージを結びつけようとするのか。

「大丈夫よ。わしは古傷ごときで理性を失わんから。そうだ、わしはちょっとここで休憩に寝とるから、町の番兵さんたちが来たら盗賊のアジトに案内してあげてね」

「承知しました」

正直、もう眠くて眠くて仕方がなかった。レーコだけに任せるのはやや不安もあるが、盗賊や人質のみなさんもいる。きっとそうおかしな事態にはなるまい。

草を布団にしてわしは瞼を閉じ……

あれ。

意識が途切れる寸前、何か忘れている気がした。

だが眠気には抗えず、そのまま喉の奥からイビキが漏れ出てくるのが聞こえて――……


「んぐぅ」

日が昇りきると眩《まぶ》しくなる。洞窟暮らしが板についていたわしは、昼日中の太陽から逃れようと何度も寝返りをうったが、平原にわしが隠れられるような岩陰はなかった。

「あー眩しくていかん……」

睡眠の安息に未練はあるが、そこそこ休めた。大きなあくびをして顔を擦り、開いた目で真正面に向く。

そこには、町の番兵と盗賊と、そして囚《とら》われていた人質たちが身を寄せ合っていた。

「お目覚めですか邪竜様――さあ貴様ら、いよいよ邪竜様がお動きになられる。その偉大なる一挙手一投足を目に焼き付けるがいい。この機会を逃せば二度とお目にはかかれんぞ」

そして、わしの背中で正座しているレーコ。

「あのレーコ？　これはいったいどういう状況？」

「移送準備は完了したのですが、邪竜様がお休みになっていたので待機しておりました。その間、私は眷属《けんぞく》の責務として邪竜様の偉業を聴衆どもに語っていた次第です」

「話が違うよレーコ。わしのことは内緒ってあれほど言ったじゃない？」

「ですが、邪竜様は真のお姿にてお眠りになっていたので。此度《こたび》はあえて正体を晒《さら》していく方針なのかと」

あっ、とわしは声を漏らす。何か忘れていると思ったら、若返りの薬を飲まずに巨体のままだったのだ。

「……何かまずかったでしょうか？」

「いんや。今回ばかりはわしが悪かったかなぁ。ところで、どんな話をしたの？」

「すべてを語るには時間が足りませぬゆえ、かつての神魔大戦の際の邪竜様の御雄姿《ごゆうし》を」

「それ、今度わしにも聞かせてね」

すごく興味がある。

が、今はそれどころではない。わしは深々と人々に向かって頭を下げて、

「ええっと、みなさん。この子がいろいろと話したかと思うんじゃけど、あんまり気にせんでええからね？　わしはそこまで怖いドラゴンじゃないから。どうか遠慮せず普通に接してくれると——」

「はい」

感情のない返事が一斉に重なった。みんな死んだ魚みたいな目をしていた。

ダメだ。レーコの話が彼らの心を浸食しきっている。

番兵と盗賊と人質という三者三様の立ち位置の人間たちがまったく同じ表情で連帯している風景にわしは恐怖すら覚えた。

せめてもの希望にと、昨日優しい言葉をかけてくれた冒険者を探す。わしのことを「レーコに捕まった竜」と正しく認識してくれた彼を——

いた。

そっと目を逸らされた。

わしは心で泣いた。

第3章 水の聖女の護る町

「町に着くとともに邪竜様による支配宣言を行いたいと考えております」

「はい？」

藪《やぶ》から棒《ぼう》に爆弾発言。揺れる馬車の中で、レーコはとんでもない提案をさらりと吐いた。

盗賊の護送と人質の保護のため、番兵たちは複数台の荷馬車を率いていたが、わしらはそのうち一台を貸切にして乗っている。そう余裕があるわけではなかったので同乗を促したが、断固として拒絶された。

薬を飲み直して小さいサイズになっても、もはや失われた信用は回復しないらしい。そして今また、レーコがさらなる信用喪失に動こうとしている。

「ええと、支配宣言？　どういうこと？」

「今から訪れる町を未来永劫《みらいえいごう》に邪竜様の占領地とするのです」

「ごめんそういう意味じゃなくて。どういう理由でそれを実行するつもりなの？」

「町のためでございます。さて、そうとなれば町の新たな名を決めねばなりません。今の所は『セーレン』というらしいですが、改称して『レーヴェンディウム』などはどうでしょう。邪竜様の地にふさわしい名と思いますが」

「落ち着こうねレーコ。大事なのは名前よりも『町のため』の詳細の方。占領が町のためになる可能性なんて一分たりともないとは思うんじゃけど、よく聞かせて」

　わしはキリキリと抉《えぐ》るような胃の痛みに身を伏せる。

「はい。番兵を呼びに行った際に下見をしたのですが——この馬車が向かうセーレンの町は、規模に比して冒険者や兵士といった戦闘員の数が極端に少ないのです。この程度の数の番兵を出すのにも苦労しておりました。その上、練度もあまり高くありません。おまけにペリュドーナのように町を守る城壁などの施設もありません。町を囲う水路が堀の代わりとはなっていますが、防衛に資する施設はその程度です。これをどう思われますか？」

「そりゃあ、無防備じゃなあとは思うけど」

「はい。私もそう考えました。かくも非力な町を放っておけばたちまち魔物に占領され、魔王軍の陣地とされてしまいましょう。そこで、邪竜様の支配宣言に繋《つな》がるわけです。邪竜様の御威光《ごいこう》があれば町にはいかな魔物も手出しができなくなり、未来永劫の繁栄が約束されます。そしてこれは侵略ではなく温情による保護でありますので、人間との関係に傷を生じることもありません」

「うんとね。お主はきっと町のためを思ってそう言っておるんじゃろうけど、たぶん町とわしらの全面戦争に発展すると思うよ」

最も深刻な対立は、得てして善意の行き違いから起こるものだ。

レーコは目を輝かせて両拳をぐっと握り、

「勝利と大義は我らにあります」

「勝つか負けるかじゃなくて、戦うこと自体が問題なんじゃって」

事が荒立てばわしが死んでしまう。仮にレーコによる一方的な蹂躙《じゅうりん》になるとしても、そのときは罪悪感で心が死ぬ。

「いけませんか。町から戻る道すがら、この通り支配宣言の草案まで仕上げたのですが」

レーコは懐から巻紙を取り出して馬車の床に広げた。

一行目の書き出しからして、『愚かなる人間どもに告ぐ』だったので、わしはその時点で読むのをやめた。

「とにかく、ダメなもんはダメ。支配なんかわしはしないから」

「……なるほど。差し出がましいマネをして申し訳ありませんでした。やはり、魔王討伐の最中にあって、小さな町一つの存亡に構ってはいられないということですね。たとえ魔物に蹂躙される可能性があろうと、見捨てる非情さも必要である、と」

「なんだか人聞きが悪いのう。そういうわけじゃなくて、今まで町が無事にやってきとる以上は、どうにかして町を守ってる手段があると思うのよ。本当にそこまで脇の甘い町じゃったら、今連行されてる盗賊団だって略奪に狙ってたはずじゃろ？」

「それなのですが」

レーコがぴくぴくと鼻先を動かした。

「邪竜様のご慧眼《けいがん》のとおり、確かに町を護《まも》っている者は存在するようです。町の人間たちは『聖女様』『泉の聖女』などと呼んでいました」

「聖女？」

「ええ。大昔にその地で没したとされる聖女の霊が、今もなお町中を巡る水に宿り、邪悪な者を退けているのだそうです。確かに私が町に入ろうとしたとき、若干の撥《は》ねのける力を感じました。大した力ではなかったので押し通りましたが」

わしは黙って頷《うなず》いたが、内心では「この子、邪悪認定されちゃうんだ」と慄《おのの》いていた。

しかも認定された上で素通りしちゃうんだ。

「そろそろこの馬車も水路の橋に差し掛かる頃です。邪竜様にもほんの少しながら聖女とやらの力が感じられるのではないでしょうか——感じてみれば分かりますが、はっきりいって我々の足元にも及びません。町一つを護らせるに非力な存在といえましょう」

さらっと「我々」とか言ってわしを含めないで欲しい。

馬車には窓もないのに、レーコの進行把握は正確だった。ややもしないうちに、馬車の揺れが草原を行く滑らかなものから、石橋を踏む荒々しいものとなる。

「ここです。ここが聖女の結界です」

レーコが言った、そのときだった。


――助けてください。


わしの心に、直接語り掛けてくる声があった。

思わず馬車の床に立ち上がって周囲を見渡す。音ならぬ声である。近くに声の主がいるとは限らないのだが、それでも初めてのテレパシーじみた体験にわしは怯える。

――その子を止めてください。

ん？

しかし、続いた声の内容に強烈な親近感を覚える。それを補強するように声は続く。

――お願いします。ペットのトカゲさん。どうかその女の子を止めてください。その子は、あなたにだけは心を開いているようです。あなたの説得なら耳を傾けるかもしれません。

得体の知れぬ語り掛けに対する恐怖と驚愕《きょうがく》は、無論あった。だが、その内容はわしの心にじぃんとしみ込んだ。

ああ、きっとこれが聖女様なのだ。

レーコを止められぬと見て、わしに救援を求めてきたのだ。

その気持ちは非常によく分かった。

わしは特にペット扱いを訂正することもなく「とりあえず侵略はしないよう説得はしました」と心の中で返事をしようとする。

が、そのとき。

「愚か者め。このお方を誰と心得ている。偉大なる邪竜レーヴェンディア様を――こともあろうに犬猫同然のペット呼ばわりとは。貴様はたった今、地獄すら生温《なまぬる》い罪を犯した」

話題の恐ろしい少女に、心の声は傍受されていた。

――……！

心の声を通じて息を呑む気配が聞こえた。それから、ぶつんっ、と糸が切れるような音。

「あ、あの違うのよ聖女様？　この子はちょっとエキセントリックなだけで。聖女様？」

わしが弁明するも、一切の返事はなくなった。トンズラされたのだ。

それもそうだ。無害なペットと思っていたからこそ話しかけたのであって、事実上のボス（冤罪《えんざい》）と判明した以上は、わしも敵扱いだろう。

「今の挑発行為は宣戦布告とみなしてよろしいですね邪竜様」

「お主はちょっと沸点を上方修正して。一瞬で沸騰しないで」

「しかし邪竜様をペット呼ばわりです。これは聖女の目が節穴だということを如実に示しています。そんな節穴に町の護りは任せられません」

「そうかなあ。結構頼りになると思うんじゃけどなあ」

ペットのトカゲというのは限りなく適切な状況判断だと思った。


馬車が車輪を止めたのは、町の中央に建った神殿の正面だった。

神殿といっても、過度に豪奢《ごうしゃ》なわけではない。こんこんと水を絶え間なく湧かせる泉があり、その四方を囲むように石柱が立てられ、半球状のドーム屋根を支えている。

それだけである。

少しばかり格好の付いた雨よけのある水源地と見てもいいかもしれない。

わしらを運んできた番兵は、若干まだ目を死なせていたが、町に入ってやや元気を取り戻したようだった。

「この町へ入る者は、この泉にて聖女様に御目通《おめどお》りをするのが習わしになっています。どうぞ進んで水を手にお取りください」

「本当によいのか人間？　あの泉が聖女とやらの根城らしいが、邪竜様が触れればその邪気に負けて消滅してしまうかもしれんぞ？」

番兵をじとりと睨《にら》むのはレーコである。わしは背後からその口を塞ぎ、

「すいません本当。この子はちょっと脅し癖があるんです。気にしないでください」

「……いいえ、大丈夫です。我らの聖女様は無敵ですから。いかに邪竜レーヴェンディア様が相手だろうと負けるはずはありません……！」

死んでいた目に信念の火が灯《とも》った。

聖女様はこの町の住人にとって、邪竜にも匹敵するほどの存在と信じられているらしい。

さっき、馬車の中で既に白黒が付いてしまったのは、敢《あ》えて言わない。

神殿のすぐそばに控える年配の番兵も、落ち着いた声色で言葉を繋げた。

「いかにも。貴方《あなた》がたがこの町に仇《あだ》なす存在であったなら、聖女様は橋を渡らせますまい。ですが、このお二人は何事もなく聖女様の結界を通られた。それだけで信に足ろうというものです」

ごめんなさい。わしはともかく、この子は強引に押し通ったんです。

わしはきっとアレだ。結界の網目にも引っかからないほど矮小《わいしょう》な存在だったのだろう。

それでもわしが泉に立ち入るのを遠慮していると、もっと遠慮すべきレーコの方がずけずけと神殿の中に踏み入った。

そして泉の水を軽く片手にさらって、

「──今、ここに聖女とやらはいませんね。妙な気配が町中をうろうろと彷徨《さまよ》っているので、おおかた水路の中を逃げ回っているのでしょう」

神殿に向かって祈っていたお爺《じい》ちゃんが「えっ」という顔をした。わしは慌ててレーコの元に走り寄って、

「みんな祈ってるんじゃからそういうことを言うのはやめなさい」

「しかし事実です。おのれ聖女め、邪竜様を侮辱した上に顔すら見せぬとは、何という傲慢……」

「いやあ、ほれ。そんな風に怒っていたら誰だって怖いじゃろう。笑顔になって笑顔に。喧嘩《けんか》をしにきたわけじゃないだろ？」

「――ええ。喧嘩ではありません。天誅《てんちゅう》です」

「笑顔で天誅ってなんかサイコよね」

番兵たちは槍《やり》を持って近くで待機している。見張りではあるのだろうが、わしの眼力でざっと見ても、強そうな兵士はほぼ皆無だ。駆け出しの新人か、才なく歳《とし》のみ重ねた老兵か。先日のペリュドーナとは雲泥の差である。地理的にそう遠くないのに、ここまで練度の差があるのか。

そのうちの一人が歩み出て、

「そ、それでは聖女様への礼拝も済んだようなので、よろしければ宿に案内しますが」

「礼拝ではない。宣戦布こ――」

「そうじゃの！　お主も早く休みたいもんの！　ほれレーコ、先を急ごうぞ！」

ギリギリでフォローが間に合った。

番兵たちは急な大声に後ずさったが、さすがにそれで襲《おそ》い掛かってくるほど短絡的ではない。そのまま警戒の色を漂わせつつも、宿屋に向けて馬車を走らせてくれた。

「……よく、こんなに警戒しとるのに町に招いてくれたのう。それだけ聖女様が信頼されとるんじゃろうか……？」

「邪竜様の偉業話をとくと聞かせた後に『泊まりたい』と頼んで断れる者は、魔王くらいなものでしょう」

「そんな脅迫的交渉をしてたのね。今後は絶対やめて」

放っておくとどんどんこの子は悪辣になっていく。

宿に向かう道中でため息をつきつつ、町の風景を眺めた。民家や商店があるのは神殿周辺の中心部だけで、その神殿から放射状に伸びた水路の先――外周部は、ほとんどすべてが畑や牧草地である。

本来、大規模な農園というのは作物の略奪防止や土地管理といった面からして、王侯貴族や教会といったある程度の権力者が運営するものである。

しかし、ここでは違う。

レーコのリサーチによると、このセーレンの町はペリュドーナと同じく自由都市に当たり、権力を及ぼす君主はいない。どちらの自由都市も一応の名義上はどこぞの王国の領地となっているそうだが、この界隈《かいわい》を束ねる王にはあまり実権がなく、有名無実なのだそうだ。

権力に代わって農地の安全を担保しているのは、水に宿る聖女様である。

水路を伸ばすだけで、それが強力な（？）結界となり、略奪者や害獣、果ては魔物をも寄せ付けなくなるのだそうだ。

これほど農園に都合のいい場所はそうそうなく、結果として素人目にも分かるほどの穀倉地となっている。

「――聖女の気配がますます遠ざかっていますね。まさか町から逃げるつもりでしょうか」

だが、早くも次の収穫が心配になってきた。

このままでは町の農夫をみんな路頭に迷わせてしまう。

「……よいかレーコ。憎しみは何も生まん」

「邪竜様……？」

「お主のいう神魔大戦とか、なんか過去のいろいろとか、こう……たくさん戦った果てにわしは悟ったのだ。ええと……うん……なんかこう……話し合いっていいよね、と」

我ながら発言の底が浅い。

「なるほど。流石《さすが》は邪竜様。圧倒的な力を背景とした話し合いは時として戦以上に戦果を上げるということですね」

「圧倒的な力は背景としない方針でお願い」

なお、レーコとの話し合いは交渉のテーブルが最初からひっくり返されている状態だ。しかも決して元通りにできぬよう、次から次にテーブルの裏面に重石《おもし》が積まれていく。

わしはため息をついて、

「……ああ、レーコ。わしはちょっと散歩をしてきたい。お主は番兵さんたちの言うことをよく聞いて、おとなしく宿で待ってなさい。村を出てからろくに落ち着けんかったし、お風呂でも入ってゆっくりするとええ」

「承知いたしました」

馬車を止めてもらい、荷車から降りる。少しばかり無理を言って見張りの番兵にも外してもらった。さすがに渋られたが、町を護る聖女様への信頼が最終的にはそれを可能とした。あとレーコの無限の威圧が。

人目から解放されて道に取り残されたわしは、道脇に流れる用水路を覗《のぞ》き込み、

「おーい。聖女様。誤解なんじゃって。わしは単なる無力な駄竜だし、レーコもああ見えて根はいい子じゃから。何日か休ませてもらったら、迷惑かけんで出ていくでの。どうか町の人のためにも逃げんでおくれ。お主がいなければ畑がダメになってしまうじゃろう？」

それでも返事はない。どうやら完全に信用を失っている。

道のほとりで水路を覗き込みながら途方に暮れていると、背後で声が上がった。

「わぁすごい！　ドラゴンだよドラゴン！」

「すっげー！　本物!?」

振り返れば、何人かの子供がわらわらと道端の民家から飛び出して、わしの周りに群がってきていた。

「商人さんの飼ってるドラゴンさんかな？」

「迷子かも？」

「お腹《なか》空いてないかな？」

またもやペットと誤解されつつある。こんな風景を見られてはまたレーコが激怒してしまうと思ったわしは、すぐさま弁明に口を開く。

「えっと、わしはペットとかそんなんじゃなくてね――」

「喋った！」

迂闊《うかつ》に言葉を発したことが混乱に輪をかけた。子供たちからすれば、言葉を解するドラゴンなど格好のおもちゃだったろう。こうなると完全に見世物の動物扱いとなり、わしも強引に包囲を抜けることはできなかった。わしが弱いとはいえ、小さな子供にぶつかれば転ばせてしまうかもしれない。

――だから。

「ほらドラドラー。うちの野菜の切れっ端だぞー。おいしいだろー」

「あー、ずるーい。こっちのお芋も食べてー」

「ん。どっちもうまいの」

こうして餌付けされるのは、やむを得ないことなのだった。決して状況に流されているわけではないのだ。

久しぶりにわしは、心の底からの安寧を得ていた。


が、長続きはしなかった。

子供たちの玩具《おもちゃ》として平和に野菜を食っていられた間はよかった。しかし日が傾き始めて、子供たちが散り散りに帰ってしまうと、わしは深刻なミスに気付く。

宿屋の場所が分からない。

行き先も聞かずに降りてしまったものだから、どこの宿を用意してくれたか不明なままだ。もちろんわしは『邪竜の千里眼』とかいって道を探すことはできない。そんなことができたらレーコから逃げる道を真っ先に探す。

神殿の近くには番兵の詰所があったはずである。迷子宣言の声を上げて助けを求めることに心理的な抵抗はないが、邪竜にあるまじきみっともない姿を晒《さら》してはレーコに弱いことがバレかねない。

逆に、威圧的な態度で道案内を命じても問題だ。ボロが出そうだし、あまり怒らせては反乱してくるかもしれない。聖女様の加護があると信じている彼らにとっては、邪竜も絶対の存在ではない。

「しゃあないの。外で寝よ」

切り替える。散歩の興が乗って宿屋に帰り忘れたとでもいえばいい。明日になれば明日の風が吹く。うろつくうちに宿屋も見つかるだろう。

外で寝るのはわしにとっていつものことだ。

ちっぽけな人家で寝る方が狭苦しく感じて——狭い？

「いかん。朝まで待っとったら薬が切れてしまうわい。賞金首の図体《ずうたい》でレーコもおらずに寝とったら、無鉄砲な冒険者が襲い掛かってくるかもしれん」

前言撤回。やはり眠るなら安全な宿屋しかない。

徹夜で夜明けを待つという選択はなかった。昨晩は狩神のシゴキを夜通し受けたせいで、朝の仮眠を除けばほとんど眠っていない。この歳で二日連続の徹夜は正直つらい。

「かといって、見つからんよぉ……」

観光地ではないが、作物の買い付けに来る商人を迎えるためか、宿屋は何軒も連なっている。その中からピンポイントでレーコの泊まっている宿を探すなど不可能だ。

やはり道案内が必須である。

わしの情けないところを知っても裏切らない、清廉潔白な道案内が――

この町の住人の人柄なんて知らないわしに頼れる人物は、たった一人しかいなかった。

『お願いします聖女様。どうかわしを宿まで導いてくだされ。数日などと贅沢《ぜいたく》はもう言いません。無事に一晩寝られたら、明日には町を出て行きますゆえ』

水路に向けて真摯に祈ってみる。流れる水には、ほとんど陰った夕日がちらちらと乱反射しており、それ以外にさしたる変化はない。

それでもただ祈り続ける。

町を護《まも》り続けているくらいだ。きっと聖女様はいい人である。わしの本心が伝わればきっと道案内くらいはしてくれるに違いない。

がさり、とすぐそばで草をかきわける音がした。

用水路を挟んで対岸の畑――まだ青い背高麦の生い茂った場所から、おっかなびっくりといった様子で少女が顔を出していた。

なにやら奇妙な、レーコよりもさらに幼げな少女だった。

衣服が全体的にアンバランスである。農夫っぽく土に汚れた麦わら帽子を被《かぶ》っているかと思えば、澄んだ水色の髪は地に垂れるほど長く、高貴な女性を思わせる。畑を歩くにはとても相応《ふさわ》しくないサンダルに、腰をリボンで大きく巻いた華美な重ね衣。

「……え、えぇっと、ドラドラだよね？　ほらわたし、さっき遊んだでしょ？　覚えてる？　あ、覚えてないかな？　子供いっぱいいたもんね。一人くらい忘れたっておかしくないよね？」

　こんな特徴的な少女なら絶対に見落とすまい。

「ほ、ほら。なんだかね。ドラドラが困ってたみたいだから、引き返してきたの……」

「畑から？」

　すごいルートだ。彼女の家はどこにあるのだろう。

「違うんですちょっと迂回《うかい》しただけなんです！　嘘《うそ》じゃないから怒らないでください！　あ、でも大丈夫だよね――子供には優しいんだよね？　この姿なら大丈夫だよね？　いいえ何でもないの。とにかくドラドラ、困ってることがあったら何でも相談してね。わたしは優しくて純粋で親切な町の子供だから、たとえば道案内だって全然大丈夫っ」

　あまりにも必死な弁明に、わしはすべてを悟った。

「あ、あのっ。手伝えること、あるかな？」

　わしは知らぬフリで頷《うなず》いて、

「ああ。そうじゃの。連れの泊まっておる宿の場所が分からなくてな。よければ心当たりを案内してくれんか？」

「はい！　わたし、すっごく勘がいいからたぶんすぐに見つけられるよ！　安心してねドラドラ！」

「そりゃありがたい。じゃ、行こうかの」

「うん！　だからちゃんと宿に着いたら朝一番に出て行って——何でもないっ！」

少女に扮《ふん》した聖女様は、実にハキハキと道案内した。

まるで魔法にかけられているかのような近道で町の各所を曲がり行き、わしの鈍足をもってしてもものの数分で宿に辿《たど》り着《つ》いてしまった。

「着いたよ！　ここの宿の突き当たりの部屋にお連れの女の子が止まってる——と思う。わたしの勘！」

「ん。ありがとね。たぶん勘は当たっとるからここまででええよ。約束どおり明日の朝にはこの町出ていくから安心しといて」

宿の入口前で聖女様に感謝のお辞儀をすると、彼女はいきなり目の幅に「ぶわっ」と涙を迸《ほとばし》らせた。

「やったぁー！　勝ったぁー！　わたし、勝ったよぉー！　町のみんなぁー！」

勝利の余韻に浸る彼女に遠巻きながらもう一度頭を下げて、わしは宿屋に入った。番兵が話を通しているらしく、わしのような動物が入って来ても宿の主人は黙ってスルーしてくれる。

扉を頭で突っついてノックすると、一秒もせずに内側から開いた。

「お帰りなさいませ邪竜様。町の下見はどのような印象だったでしょうか」

「下見じゃなくて散歩ね。まるで今から何かをしでかそうとするような表現はわしよくないと思う」

それより、とわしは話をすり替えて、

「お主もちゃんとおとなしくしてた？　番兵さんとか宿の人に迷惑をかけたりしとらん？」

「大丈夫です。邪竜様に仰せつかったとおり、私の全精力をもっておとなしくしておりました」

「おとなしくするのにそんなに力使う？」

わしの不安はだいたい悪い方に的中する。

「申し訳ありません。未熟ゆえ、邪竜様の真意を察し取るのに少々時間がかかってしまいました。『お風呂でも入ってゆっくり』。これは、水に囲まれた環境下に身を置き、この町の水と同化する聖女の本質を慎重に探れということだったのですね」

「そうだったのかなあ。わし本当にそんなことを言ったのかなあ」

「結果、私は町の水に溶け込んだ聖女の魔力を解析することに成功しました」

なんだかレーコは一人でえらいことをやっていたらしい。敢《あ》えて深くは聞くまいと流そうとしたが、続くレーコの発言はまさしく爆弾そのものだった。

「遅ればせながら、私にも理解できました。邪竜様は既に見通されていたのですね。あの聖女の正体が――魔物であることを」

はい？　とわしは首を傾《かし》げる。

「えぇっと、聖女様っていうのは、大昔に亡くなった人が守り神みたいになったものじゃなかったかの？」

「はい、表向きはそうなっているようです。ですが自ら辿った魔力の中に――微《かす》かではありますが、魔性の者の気配を感じました。本当に聖女と称される者であるなら、あのような気配が混ざるはずがありません」

レーコの推察は馬鹿にできない。人知を超えた能力をこれまでも遺憾なく発揮してきたし、それがスカだったことはほぼない。

――だが。

「実はわし、さっき聖女様に会ってきたんじゃけど」

あの態度からして、彼女の性質は決して悪いものではなかったように思える。魔物という正体を謀《はか》ってあんな演技ができるなら、町の子供のフリだってもっと上手《うま》くできただろう。

「ならば私の杞憂《きゆう》でしたか。既に聖女が抹殺されたのでしたら問題はありません」

「抹殺しとらんよ？　会ったと言っただけで抹殺したと早合点しないで」

「では、まだ利用価値があるので泳がせている――と？」

「そうでもなくて。いい？　レーコ、お主はもうちょっと平和的に物事を考えなさい。そんな風にいつも殺伐とした考え方をしておったら本当に悪人になってしまうよ」

片脚を上げてレーコの肩をぽんぽんと叩く。レーコはしばらくきょとんとしていたが、やがてゆっくりと頷く。

「分かりました邪竜様。邪竜の眷属《けんぞく》たるもの、小悪党じみた損得勘定には囚《とら》われず、より悠大な視点を持てということですね」

「うん。よく分からないけどそういう感じね。んで、話をもっと詳しく聞きたいんじゃけど、聖女様が魔物だという証拠とかあるかの？　できれば客観的なやつ」

「自白ならすぐに搾り出せます」

「やめてあげて」

聞かなくても分かる。きっと悪質な尋問を行うつもりだ。そうでなければ、なぜ腰の短剣に手を伸ばしているのか。間近でレーコに脅迫されたら魔物でなくても白状してしまう。現にわしは邪竜でないのに邪竜ということで通すハメになっている。

「ともかく、明確な証拠はないんじゃろ？　なら考えすぎじゃよ」

「それならよいのですが」

「そんなに気になるなら、わしが明日もう一回聖女様と話してみるでな。眼力には少しだけ自信があるし、よく集中して話せば良き者かそうでないかくらいは分かると思う」

「そうですか。邪竜様がそう仰《おつしや》るなら安心です」

レーコは満足そうに柔和な表情となった。

ようやく一息をついたわしは、今回は忘れぬように小樽《こだる》の薬をしっかり飲んで、部屋の隅に伏せた。

「邪竜様。床などで眠らずともこちらに寝台がございますが」

「ええのええの。人間用の寝台はわしには合わんし。お主が使うといいよ」

「しかしそれでは私の方が邪竜様より高い位置で眠ることになってしまいます。主より高い位置で眠るなど眷属にあるまじき暴挙です」

「お主、よくわしの背中で寝てるよね」

その辺の解釈はどうなっているのだろうと思うが、レーコはしれっと聞き流して、わしのすぐそばで横になった。

せっかく広めの部屋を用意してもらったというのに、揃《そろ》いも揃って隅っこの床で寝るとは何とも味気ない。

「せめて毛布くらいは床に敷いときなさい。風邪引いたり身体《からだ》を痛めたらいかんし」

「では邪竜様も」

「はいはい」

　本当は枯草とかを敷いた方が好みなんだけど、と思いつつ、わしはレーコがかけてくれた毛布に身をくるめた。


「お客様ー。朝食の準備が整いましたー。お運びしてもよろしいでしょうかー」

　ノックの音で目が覚めた。カーテン越しに窓の外を見れば、空はまだ深い青色で、一刻の時間を惜しむ旅商人でもなければ朝食には早すぎる時間帯だった。

「何じゃなこんな早くに……」

　毛布を頬《ほお》ずりしながら名残惜しく老体を起こす。

「……邪竜様の眠りを妨げるとは許せません」

　と、わしの背中から寝起きらしきレーコの声がした。並んで寝たはずなのに、なぜいつの間にか乗っているのかということは、この際置いておく。

　わしは床を這《は》って扉に呼びかける。

「とりあえずご飯は部屋の前に置いといてくれてええよ。腹が減ったら食べるわい」

「そんな！　当宿の朝食はできたてが命なんです！」

　ごんごんと強引なノックが続く。やけに押しが強い宿屋だ。

「黙らせますか？」

「いんや、とりあえず開けてあげて」

レーコが不穏な気配を発したので、わしは開錠をお願いした。すると、レーコがドアを開けるなり目に飛び込んできたのは――

「はいはーい。当宿自慢の新鮮な大ナマズの窯焼きですよー。なんと本日は特別に、旅人さんの道中に役立つ保存食の干物とチーズも用意してありますよー。いやあすごくいい天気ですねえ。これはもう朝一番に出発したくなっちゃいますねえ？　さ、早くお腹《なか》一杯にして元気出して旅立ちましょ？」

昨日の女の子（聖女様）だった。

厳密にいえば風貌はある程度変わっている。背丈は成人女性並みに伸びているし、昨日に比べて首飾りなんかのアクセサリーが節操なく増えている。一方、派手すぎる服装のわりに、女中に変装するつもりかエプロンはしっかり巻いている。麦わら帽子も今回は三角巾だ。

わしが絶句しているうちに、大皿を載せた台車をガラガラと部屋の中に運び込んでくる。

「あの……ええ……？」

「待て。貴様――」

さすがにレーコも気づいたか。

「邪竜様は草をお好みになられる。魚はイマイチだ」

「あ、そっちの話」

メニューに気を遣いつつも、レーコは鼻をしきりに動かせて、こんがりと焼けたナマズを嗅いでいる。たぶん早く食べたいのだろう。

「で、では――そうだ！　ちょっと待っていてくださいね！　ドラド……じゃなくて、お客様のお好みに合った食事をすぐ用意してきますので！」

踵《きびす》を返して聖女様が廊下を駆けていく。ソワソワと食事を待つレーコにわしは向き、

「なあレーコ。まるで関係ない話をするけど、わしはやっぱり聖女様が悪い人だとは思えんよ」

「いきなりどうされたのですか？」

「いや、なんだかそういう話をしたい気分になってね」

レーコの勘が正しかったらどうしようかという不安もあったので、これで安心できた。集中して見ても、ポンコツさはあっても悪意の類は微塵《みじん》も感じなかった。

と、廊下の向こうからダッシュで聖女様が戻って来る。

両手に大きく抱えたザルには、土まみれのボロボロの野菜が載っており――

「その辺の畑に転がってた野菜クズです！　これ、好きなんですよね⁉」

そのときのレーコの顔を、わしは直視することができなかった。

一瞬が永遠になる。短剣を閃《ひらめ》かせる金属音が冷ややかな静寂を生む。

「殺す」

「殺してはいかん！」

「いやぁ――――――っ！」

一瞬で静寂が破れれば残るのはもう混乱だけだ。飛び掛かるレーコに、野菜をぶちまけて盾にする聖女様。そして制止に叫ぶわし。

制止がすんでのところで間に合ったか、レーコの魔手は野菜を粉微塵《こなみじん》にしたところで止まった。だが、お盆が床に落ちたときはもう、聖女様は青髪を翻して廊下の曲がり角に消えてしまっていた。

レーコはぎらりと剝《む》いた目で、

「邪竜様。なにゆえ止めたのですか……」

「なにゆえ、じゃないわい。軽々しく人を傷つけようとしてはいかん。もし万一のことがあったら取り返しが付かんじゃろう」

「しかし、あの者は邪竜様のお食事にゴミ同然のものを――」

「ええのええの。些細《ささい》なことで腹を立てんのが本当の強者というものじゃって。それにわしは野菜も好きじゃから」

わしは床に落ちた微塵切れの野菜を食べる。だいぶ古びた野菜だったので、そこまで食べたいものでもなかったが、こうでもしておかないとレーコの怒りは収まるまい。

「じゃ、邪竜様。そんな食べ方をなさらず……。私が拾い集めますから少々お待ちを」

「ええから。それよりもねレーコ。わしはお主にも、強者としての風格を持ってもらいたいと思う」

「強者の風格……ですか？　それは、邪竜様のように威圧だけであらゆる敵を消し飛ばせるような……？」

「そういう物理的な風格はちょっと違うかのう。わしが言いたいのは心構えの方」

わしは「おほん」と講釈ぶった咳《せき》をする。

「お主はこのわし――邪竜レーヴェンディアの眷属じゃ。その爪はちっぽけな揉《も》め事《ごと》で振るってよいほど軽いものではない。というわけで、お主が十分に自覚を持てるまでは、わしの許可なく力を振るうことを禁止する。あ、身を守るときとかは例外ね。他にどうしようもないときは戦っていいけど、それでも殺したりはダメじゃから」

今にして思えば、最初からこう命じておけばよかったのだ。これでレーコも不用意な交戦を避けてくれるだろう。わしながら妙案である。

わしはホクホクと顔を綻ばせながら一人で頷く。そして「分かったかの？」とレーコに視線を戻すと――

想像以上に落ち込んでいるレーコの姿があった。

正座したまま大きくうなだれて、目の光を一切消している。この世からあらゆる希望が消えたかのような顔。今にも身体から魂が抜け出てしまいそうである。

「れ、レーコ？　どしたの？　そこまで落ち込まなくてもええのよ？　今後は気をつければいいってだけじゃから」

ずーん、という効果音を背中に浮かべたレーコは頭を下げたまま、

「そうでしたか……私では邪竜様の眷属には相応《ふさわ》しくありませんでしたか……」

「違う違う。そういう意味じゃなくて」

「お気遣いは無用です……」

正座のままずりずりと足を動かして、部屋の隅っこに移動していく。壁に額をくっつけて生気を消している姿は、見ているだけでこちらに罪悪感を抱かせた。

「あのなレーコ。わしは何もお主に幻滅したとか、そういうことじゃないのよ。むしろ、お主が眷属であってくれてよかったと思っておるよ」

まだレーコは黙ってうなだれている。

「お主はまだ若いし、これからもっと成長していけばいいんじゃないかの」

まだ消沈している。

「それはそうと、強さの面では本当に頼りにしとるよ。お主がおらねば、わしはやっていけんほどじゃから」

ぴくりと耳が動いた。

「いやあ、こんなにすごい眷属を得ることができてわしは幸せものじゃなあ。五千年生きてておお主ほど才能に溢《あふ》れた人間は見たことがなかったしのう」

正座の姿勢のままレーコがぴょんと一回転してこちらを向いた。

「あ、元気出た？」

「いいえ。未熟さを恥じるばかりです。まだとても落ち込んでいます」

「だいぶ目が輝いてきたと思うんじゃけど」

「気のせいです」

「気のせいかあ」

「ですが、あと一押しで立ち直れそうです。マグマのごとき力が湧き上がってきそうなのを予感します。あとワンプッシュしていただければ魔王すら一撃で消し飛ばす新技を会得できましょう。さあ」

くいっくいっ、と両手をこまねいて要求してくる。表情もちょっとふてぶてしい。どう見ても完全に立ち直っている。

わしは「ダメダメ」と首を振った。

「あんまり甘やかしたらお主のタメにもならんでの。あと、新技とかほんとダメだから」

「そうですか……残念ですが、それならば別の機会にお褒めいただけるよう粉骨砕身で頑張ります」

「できればあんまり頑張らないで。肩の力を抜くのが一番じゃよ」

久々にわしは心から微笑《ほほえ》んだ。これだけ言えば変に暴れたりすることはないだろう。

「んじゃ、わしはちょっと外に出てくるでの。昨日も言ったように、聖女様と話をしてくるから」

「かしこまりました」

「そうだレーコ。お主も今後は自重を心がけてくれるようじゃし、外で遊んできたらどうかの？　昨日見てきたところだと、この町はお主と同じ年頃の子供も多いようじゃよ。少し息抜きに同年代の子と遊んだらいいんじゃないかの？」

妙な力から遠ざかって子供たちと触れ合えば、レーコの心に涼風が吹き込むかもしれない。そして何かの奇跡で力がなくなれば……いいなあ……。

敬礼の姿勢でわしの提案に応じたレーコは、寝間着にしていた貫頭衣からアリアンテにもらったローブに着替え始めた。昨日のうちに洗濯していたのか、草の汁で付いた汚れもちゃんと落とされている。

「そんじゃ。わしは先に出てるから。部屋の戸締りはきちんとね」

レーコの見送りを受けて廊下に歩み出る。まずは聖女様を探さねばならない。やはり向かうべきは泉の神殿だろうか――

ぴしゃり、と。

廊下を踏む足に、いきなり冷たい感触が触れた。

視線を落とせば、木張りの廊下にかなり大きい水たまりができていた。

誰か水でもこぼしたのだろうか？　しかし、タライを丸ごとぶちまけたくらいの水量はある。それだけのことがあったら、大音が立って気づいたのではないだろうか。

そのとき、突如として水たまりの中に聖女様の顔が映った。

びっくりして背後を振り返っても誰もいない。ということは、聖女様がいるのは文字通り「水たまり」の中で――


「ひ、ひ、ひ、引っかかったなぁ――！　えいやぁ――っ！」


どぼんっ、と。

今度は水たまりを踏んだだけでは済まない音がして、わしの身体《からだ》は底なしに深い水中に引きずり込まれていった。

＊

廊下の曲がり角で、唐突に邪竜様の気配が消えた。

レーコは俄《にわ》かに思案顔となる。

妙である。確かに邪竜様は、自在に亜空間を創り出してその中を闊歩《かっぽ》することができる。しかし、邪竜様という強大な存在がこの世から一時的にでも消失することは、自然界の調和にとって好ましからざる出来事である。

大黒柱の消えた家が軋《きし》み、崩れるように、世界もまた邪竜様なしでは平静を保てない。非常に思慮深くあられる邪竜様は、そのことを熟知している。現にレーコを眷属《けんぞく》としてからは、一度も空間歪曲の技を使うことはなかった。

「――ならば」

着替えを済ませたレーコは、ある仮説を立てつつ曲がり角に歩んだ。そこにあったのは、まるで雨漏りでもあったかのような水たまりだ。

「やはり、ただの水ではない」

この魔力は昨晩も感知した――聖女を騙《かた》る魔物のそれである。このタイミングで罠《わな》を仕掛けてきたとなれば、先ほどの女中は十中八九で聖女が変装した姿だろう。

水たまりに目を凝らして、罠の構造を読み解く。

「邪竜様の亜空間創生の……劣化版に近いな。水たまりを入口として、自身の空間に引きずり込む技か……。愚かな。邪竜様にそんな小手先の技が通用するはずがあるまい」

こうして聖女の謀《はかりごと》が成功したように見えるのは、邪竜様が対話を望まれていたからに他ならない。つまり、敢《あ》えてかかってやった形だ。仮に誅殺《ちゅうさつ》するつもりで聖女の元に赴いていたなら、罠に嵌《は》める暇すらなく八つ裂きにされていたことであろう。

殺意を宿した邪竜様を前に命を保てる者など、この世のどこにも存在しない。邪竜レーヴェンディアの伝承が色濃く伝わる一部の地方では、現在でも『レーヴェンディア』という単語が死と同義のものとして扱われているのだ――とレーコは思う。

さて、とレーコは廊下に立ち呆《ほう》ける。

邪竜様は自ら聖女の元に赴いた。どういった意図を抱えてか、深謀遠慮なる心の内は見通せないが、自重を命じられた以上は眷属たる自分が下手な手出しをするわけにはいかない。

それでも、今すぐに罠を破壊したいという衝動を抑えるのはレーコにとって大変な苦労だった。手元の短剣を振るうだけで、聖女の作り出した亜空間などたやすく崩壊させることができる。

「いけない。ここで私が手出しをすることは、すなわち邪竜様への侮辱。それはダメ。眷属として出るべきでない場面は出ない」

決して手出しはすまいと固く己を律する。

代わりの憂さ晴らしに、水たまりに向けて渾身《こんしん》の殺気を放射しておいた。殺気の余波で宿屋の窓ガラスが全部割れ、近くの野良犬が悲鳴のごとき遠吠《とおぼ》えを上げ、向こう三軒に渡る厩《うまや》の中ですべての馬が暴れ出す。

――よし。

これで鬱憤が少しは晴らせた。あくまで殺気だけなので手出しはしていない。あとは邪竜様に命じられたとおり外で遊んでこよう。

「うわぁっ！　なんだこりゃあ。窓が全部割れてるじゃねえか！」

宿屋の主人が狼狽《ろうばい》する横をすり抜けて、レーコは外に出る。高等なローブを着ていても、足だけは裸足《はだし》のままだ。女騎士のアリアンテが靴も揃《そろ》えてくれたが、断ったのだ。

どんな上等な靴であろうと、邪竜様の眷属の全力疾駆に耐えられるものではない。

その証明に、邪竜様は普段から何も身に着けていない。

邪竜様レベルになると空気の摩擦だけで伝説の鎧《よろい》だろうと蒸発させてしまう。何も身に着けず鱗《うろこ》のみを纏《まと》うのが邪竜様の基本にして至高のスタイルなのだ。

改めて邪竜様の偉大さを実感しながら歩いていると、道の向こうから数人の子供たちがわいわい騒ぎながら走ってきた。各々の手には野菜の切れ端や木の根などが握られている。

「ドラドラどこ行っちゃったのかなー？」

「どこかの宿に泊まるつもりって言ってたよね？」

眷属の直感をもってレーコは察する。なるほど、彼らはドラドラという名の珍しい動物を探しているらしい。そういえば叱られたとき、人間の習俗を学ぶためにも子供たちと遊んでみろと邪竜様が言っていた。

ちょうどいい、とレーコは判断して子供たちの群れに歩み寄っていく。腰から抜いた短剣を天にかざして、

「そこの人間の子供たち。私を遊戯の一員に加えて欲しい。そのドラドラというものを狩る遊びだな？　私に任せて欲しい。見敵必殺《けんてきひっさつ》で斬り捨てる」

子供たちがざわついた。

レーコは首を傾《かし》げる。おかしい、ごく自然な物言いで誘ったというのに、なぜ警戒されているのだろう。

おそらく彼らはそういう遊びを企てていたはずだ。野菜の切れ端はドラドラなるものを誘《おび》き出《だ》す餌であり、木の根っこは愚かにも姿を現したドラドラをしばき倒すための武器だ。

一人の少年がおずおずと言葉を発してくる。

「あ、あのさ。違うよ。ドラドラを傷つけるなんてダメだよ」

「傷をつけない――つまり革に価値のある生き物？　分かった。内部から破壊する」

「だから、そんなんじゃないって！　ドラドラは昨日からこの町に来てるドラゴンなんだ。野菜が好きで、とってもおとなしくて賢いんだ。そんな風に虐《いじ》めるなんてダメだよ」

そういうことか、とレーコは合点する。

ドラゴンにもいろいろいるらしい。邪竜様のように強大かつ偉大なものもいる一方、そ

んな風にトカゲに毛が生えた程度の存在もいるのだ。

「分かった。私も一緒にそのドラドラを探す」

子供たちは不安げに目を見合わせていたが、心配はいらない。邪竜様から賜った第三の目があれば、そんなひ弱なドラゴンごとき、たちどころに見つけられ——ダメだ。

軽々に能力を使うなと叱られたばかりである。たかだか遊びで使うなど論外だ。

となれば頼るのは通常の五感のみ。目を閉じて耳を澄ませ、町中の音を拾う。人間や牛馬の足音は除外し、それ以外の特徴を持った足音を探る。

「これは」

ドラゴンではないが、聞き覚えのある音を遥か彼方《かなた》に捉えて、レーコは眉をひそめた。

この音が存在することは、あってはならない。

「子供たち。遊ぶのは少し待っていて欲しい。用事を済ませてくる」

「あ、ちょっと」

短剣を抜いて、思いきり地を蹴った。能力を解禁できるなら翼を出して飛翔《ひしょう》していたが、禁止されている以上は純粋な身体能力で移動するしかない。全力よりはずいぶん遅いが、それでも景色はみるみる後ろに流れていく。

結界を兼ねて張り巡らされた用水路を何本も飛び越え、町の外周に向かう。その間に近辺からの避難を促す半鐘が響いていたが、レーコには関係のないことだった。

石橋を渡って町の領域から出ると、すぐに目標のものが見えた。

番兵の集団が騎乗したまま弓を構えて陣形を並べている。全員の視線が向く先に、そいつはいた。

「だから武器を構えるのはやめて欲しいっス。自分は町を襲《おそ》いに来たんじゃないっス。戦うつもりなんてこれっぽっちもないっス。今までの罪滅ぼしとして聖女さんにお詫《わ》びに……げえっ！　けけけ、眷属の姐《あね》さん！　ち、違うんス！　自分は悪事を働きに来たわけじゃないっス！　どうか、どうかこの人たちと一緒に話を聞いて欲しいっス！」

二度と人里を襲わず、故郷の森に帰ると邪竜様に誓った——頭を三つ持つ巨象《きよぞう》だった。

「惑わされるな！　どうせ町を襲いに来たに決まっている！　撃て！」

後列で指揮を取る騎兵が叫ぶと同時に、三頭象に向かって大量の矢が放たれた。ペリュドーナの冒険者のそれと違い、あまり迫力はない。もっともレーコにとっては目くそ鼻くその差に等しいが。

「だから——自分は戦うつもりはないと言ってるっス！」

同じく目くそ鼻くそに該当される三頭象だが、こちらの方が少しマシだったようだ。風車のごとく回転させた三本の鼻を盾とし、襲い来る矢を空中ですべて叩《たた》き落《お》としたのだ。

「はっはっは。見たっスか。自分、これでもなかなかブイブイ言わせてたクチなんスよ。力の差を分かってくれたなら、落ち着いて話を聞いてくれると——」

「で、何をしに来た貴様。邪竜様に立てた誓いを破って、性懲りもなく人里を襲いに来たのなら、この私が容赦しない」

その時点でレーコは既に、象の頭の上で短剣を構えていた。

「申し訳ないっス。自分、ちょっと調子に乗りましたッス」

「分かればいい。で、何をしに来た」

「それより眷属の姐さん。また矢が飛んで来てるっスけど」

「そう」

レーコが軽く手を振ると、矢がすべてあさっての方向に吹っ飛んだ。そこでようやく兵士たちはレーコの存在に気付いたらしく、一様に愕然《がくぜん》とした表情を浮かべた。

「流石《さすが》は眷属の姐さんっス」

「お世辞はいらない。私は今、邪竜様に命じられて力を自重している。眷属としては無力にも等しい状況」

「そうなんスか。自分、なんだかさっきあの程度で調子に乗ってたのが超恥ずかしいっス」

三頭象がしょげる様子を見せていると、番兵たちが口々に叫んだ。

「そ、そこの君！　危ないから早く魔物から離れなさい！」

「無理ですよ。きっと人質にされてるんです。おのれ、何と卑劣な――」

「みんな落ち着け。あの子供、よく見たら昨日来た邪竜の部下だぞ」

なぁんだ、なら安心じゃん。という弛緩《しかん》した雰囲気が兵士たちの間に広がり、ややあってから爆発的な緊張に置き換わった。

「だったら逆にダメじゃないか！　邪竜の部下が魔物を率いて町を潰しにきたんだ……！」

「く、僕たちの命運もここで尽きるというわけですか……おのれ邪竜め……」

「俺はやるぞ。ここで立ち向かって真の力に目覚めてやる」

「やめとけどうせゴミみたいに無駄死にするから。逃げて聖女様に頼るしかないだろ」

レーコは憮然《ぶぜん》としたまま兵士たちの会話を聞き、

「いけない。とてもいけない。邪竜様が誤解されてしまっている。邪竜様はこの町を害するつもりはないというのに」

「そういえば邪竜の大親分はどちらにいらっしゃるんスか？」

「今、聖女を尋問にかけている。場合によってはそのまま誅殺《ちゅうさつ》もありうる」

「それは本当に町を害するつもりがないんスかねぇ……」

「誅した場合は聖女の神殿が明日から邪竜様の神殿に置き換わるだけだ。町に害はない」

「釈然としない感情を覚えると思うんスけど」

「そんなことはない。そんなことよりも、ちょっと首を出せ。貴様のせいで邪竜様が誤解されつつある。ここで首を刎《は》ねることで汚名を濯《すす》ぐ」

暴れ回って逃れようとする三頭象の首根っこをレーコは片手で鷲掴《わしづか》みにする。もう一方の手で短剣を振りかざして脳天に狙いを定めるが――思い直して鞘《さや》に納めた。

「あ、あれ？　見逃してくれるんスか？」

「先程、邪竜様にお叱りを受けたのだ。強者らしい立ち振る舞いを身に付けろと。慈悲深い邪竜様なら、聖女にしているのと同じように、貴様にも弁明の機を与えたことだろう」

「ああ、だから自重を命じられてるとか言ってたんスね。ぶっちゃけ自分からしたら全然禁じられてる感がなかったんスけど」

何を言うのだろう、とレーコは思う。竜の眷属《けんぞく》としての爪も翼もその他もろもろも自重している。この世にこれ以上の自重がどう存在するというのか。

「まあ、話を聞いてくれるなら何よりっス。実は自分、つい先日まで魔王軍の一員としてこの町を攻め落とそうとしてまして」

「やはり」

「話の途中で首筋に冷たい刃を当てないで欲しいっス。違うんス。過去形っス。今はもう魔王なんかじゃなくて邪竜の大親分に忠誠を誓ってるっス。会ったことないけど、魔王なんてどうせ過大評価野郎っス。ハッタリだけでたいした力もない臆病者に決まってるっス」

「ならいい」

「んで、このセーレンの町を護《まも》ってる聖女の結界の破壊工作をしてたんスが、これが厳しいんっス。ここの聖女はかなり強くて、生半可な魔物じゃ追い返されてしまうんスよ。自分も水路に近づくのが精一杯でしたっス」

「あんな雑魚を相手に情けない。私たちは簡単に通れた」

レーコは多少なりの抵抗を感じたが、邪竜様に至っては障害とすら感じていなかったようである。

「お二人は規格外っスから。で――自分がここに来たのはっスね、注意のためっス」

「注意？」

そうっス、と象は頷《うなず》いた。

「実を言うとっスね。自分も最近知ったんスけど、ここの聖女って魔物なんスよ。底なし沼の化身みたいな感じの。それがどういうわけか、人間と共生してるわけっス」

「侮らないで欲しい。そんなことは私も邪竜様もお見通し」

もっとも、邪竜様はさらに先を見据えているようではあったが。

「あ、知ってたんスか。なら話は早いっス。魔王軍の奴らも遅まきにその事実を摑《つか》んで、ある作戦を立案したみたいなんスよ。それが――」

「六牙象《ロウガ》、ずいぶん人間と仲がよくなったようだな」

ばさり、と上方から羽音がした。

レーコは空を見上げる。昇りかけた朝日を背に遮って、巨大な身体《からだ》を宙に舞わせている者がいる。

銀の鱗に覆われ、鋭い角と牙を持つ――ドラゴンだ。

竜は町と兵を嘲るように見下ろしてから、三頭象に怒りを帯びた視線を向ける。

「嘆かわしい。なんと嘆かわしい。我々、誇り高い魔族ともあろうものが、人間の軍門に降《くだ》って情報を吐こうとは」

「……先輩っスか。そうなんスよ。自分、これからは人間と仲良くすることにしたんス。だから例の作戦も全部ここでぶっちゃけるつもりっス」

「そんなことをこの俺が許すと思うか？」

「許さないとは思うっスけど、自分は先輩より遥《はる》かに恐ろしいものを知ってしまったんス」

「抜かせ！」

銀のドラゴンが激昂《げきこう》して飛来してきた。三頭象は立《た》ち竦《すく》み、番兵たちは馬を駆って町の方へと逃げ惑う。

レーコはしげしげとドラゴンを観察しつつ、一言。

「これが、ドラドラ……？」

あまりおとなしそうにも賢そうにも見えなかったが、とりあえず子供たちのためにも生け捕りにしておこうと、短剣は納めて拳を握った。

朝の町に、胸のすくような清々《すがすが》しい殴打の音がこだました。

レーコはぱんぱんと手を叩《たた》いた。

「見つかってよかった。子供たちもきっと喜ぶ」

気を失って地面に転がった銀のドラゴンを見下ろして、レーコはぱんぱんと手を叩いた。

三頭象は「先輩……なんて無茶を……」とドラゴンの隣で嘆いている。

「さあ、善は急げ。早く子供たちの玩具《おもちゃ》にしてあげないと」

そのままレーコはずるずるとドラゴンの尻尾を引きずって町に連行していく。と、呆然《ぼうぜん》と見ていた番兵の一人が慌てて馬で追い縋《すが》ってきた。壮年の騎士は引《ひ》き攣《つ》った笑顔で、

「お、お嬢ちゃん？　そのドラゴンをどうするつもりだい？」

「町の子供たちが探していた。餌やりの玩具にするらしい」

「うん。絶対に何かの間違いだと思うよそれ」

「そんなことはない。ドラゴンなんてそうそういるものじゃない。きっとこれがドラドラ」

「いやいや、そんなドラゴンと遊ぼうとする危ない子供だってそうそういないよ」

「五人か六人くらいいた」

「おお、聖女様……」

兵士は目を覆って天を仰いだ。ようやく納得してくれたかと思うが、さらに追ってくる

者がいた。三頭象だ。

「待って欲しいっス眷属の姐《あね》さん」

「まだいたのか。こっちはドラドラが見つかったから忙しい。町を襲うつもりがないならもう消えていい。魔王軍の策略など、邪竜様がいる限りなんの脅威にもならんからな」

「違うんス。きっとそのドラドラっていうのは先輩じゃないっス。人違いならぬ竜違いっス。よっぽど強力でない限り、魔物は町に入ろうとすると聖女の結界に阻まれてしまうっス。この先輩とて例外ではないっス。強引に通そうとすれば身体《からだ》がバラバラになってしまうっス」

レーコは一瞬だけ逡巡《しゅんじゅん》に足を止めるが、新たなアイデアを得てすぐに歩を再開する。

「なら、バラバラになった頭部だけを子供たちに届ければいい。餌付けごっこには十分」

「きっと教育上物凄《ものすご》くよろしくないっス。子供がそんなクレイジーな遊びに興じていたら親御さんたちが泣いてしまうっス」

「そ……そうだ！　この町の子にそんな邪悪な遊びを植え付けないでくれ……！」

壮年の騎兵は三頭象に熱い目線を送りつつ、互いに何度も頷いていた。なぜか人と魔物の間に変な連帯感が生まれようとしている気がする。

「それに自分が言いたいのはっスね、先輩はこの町に入れないんだから、今まで町の子供たちと会ったこともないってことなんス。ってことは、ドラドラってのとは別物なんじゃないっスか？」

あ、と声を漏らしてレーコは尻尾から手を離した。

盲点だった。確かに、バラバラにならないと町に入れないのであれば、昨日餌付けされていたという事実と矛盾してしまう。

しかし――。

「本当に聖女ごときの結界がそんなに強いものか？」

目を細めて訝《いぶか》しく尋ねる。レーコの体感では、薄紙を破るくらいの抵抗しかなかった。

あの程度なら他の魔物も少し根性を出せば通れそうだと思う。

「いや、眷属の姐《あね》さんと邪竜の大親分には毛ほども通じないでしょうっスけど、自分たちには脅威なんス。疑うなら町の境界の水路に向けて先輩を投げてみるといいっス。きっと跳ね返ってくるっス」

「分かった。そうしてみる」

堀のようにして引かれた幅広の境界水路まではまだ少し距離があったが、レーコにとっては大した問題ではない。摑んだ尻尾を無造作に振って「ぽいっ」とゴミでも投げるように宙を飛ばせる。

三頭象の言葉が正しければ、宙を舞う半死体は決して水路の上を通ることができず、町の外に弾き出されるはずだった。

――だが、銀のドラゴンの身体は「どぼんっ！」と盛大な水音を立て、普通に沈んだ。

「ああ先輩っ！　いけないっス！　このままだと溺死してしまうっス！」

予想外の結果に言い出しっぺの三頭象が一番焦って、水路に駆け寄って鼻を伸ばしての救出作業を始めた。その間、三頭象の方も水路から弾かれる様子はない。

「やっぱり、聖女の力なんて大したことない。きっとそれがドラドラ。昨日、こっそり町に入って餌付けされていたに間違いない」

「いや、結界の件を差し引いても先輩はそんな穏やかな趣味の人じゃないっス」

「誰にでも隠したい一面はある」

「えぇ……先輩、もしかして子供と触れ合うのが好きだったりするんスかね……？」

疑惑とともに、水死体さながらの惨状で銀のドラゴンがサルベージされる。

「それにしてもおかしいっス。先輩も自分も、過去にこの結界にアタックしたときは通り抜けできなかったっス。本当っス」

嘘《うそ》を言いはするまい。邪竜様に忠誠を誓ったこの象が、この期に及んで下策を弄するとは思えない。

「ククク……どうやら、作戦は成功したようだな……」

と、いつの間にか意識を取り戻していた銀のドラゴンが不敵な笑いを響かせ始めた。ただし身動きはできないようで、口から水と魚を噴き出しつつの瀕死《ひんし》状態である。

「作戦？」

　レーコの問いに答えたのは三頭象だ。

「あ、そうっス。思い出したっス。この先輩は陽動作戦の囮《おとり》役なんスよ。先輩クラスのドラゴンが相手なら、聖女もある程度は結界に力を集中させないと守れないっスから。で、先輩が囮になってる隙をついて、本命の魔物が別方面から町に侵入しようっていう――」

「そう。聖女も貴様らも、まんまと引っかかったということだ。大いなる風の暴竜である俺の猛攻に焦り、惑い、冷静な判断力を欠いた。真の脅威を見失おうとは、まったく愚かなものよ……」

「先輩。気は確かっスか？　猛攻らしい猛攻はなかったっスよ。夢でも見てたんじゃないっスか」

　レーコは銀のドラゴンの口を踏んで黙らせた。

「これの世迷言《よまいごと》はどうでもいいとして、おそらく結界が停止しているのは邪竜様のためで間違いない。邪竜様の尋問に際し、聖女はその全力をもって抗おうとしているはず……無駄なあがきを……」

「そりゃ聖女も哀れっスねぇ……」

「それで象。本命の魔物というのはどんな奴だ。そいつもついでに潰しておく」

　三頭象は鼻から救助時の水をぴゅうっと噴き出してから説明に戻る。

「いやぁそれがっすね。最近ここらの指揮を執り始めた奴なんスけど、姿形が説明しづらくて。いいや違うっス。断じて庇《かば》っているわけではないっス。そいつはだいぶ特殊な魔物で、自分の身体を持たない――いわば精神だけの魔物なんスよ。人間や魔物の邪悪な心を糧として身体を乗っ取ってしまうんス。自分たち部下の前に姿を晒すときも、適当な魔物を乗っ取って喋ってたんで、今はどんな姿で潜入しているか分からないッス」

聖女も元は魔物っス、と象は繋《つな》ぐ。

「どんなに人間側に傾こうと、心の底には魔物としての本能が隠れてるはずっス。その精神魔物はそれを呼び起こして、この町の守りを失わせ、さらに聖女という強力な手駒をも獲得しようと算段してるんス」

なんだ、とレーコは投げやりに息を吐く。

「ならば何も心配はいらない。聖女のすぐそばには邪竜様が控えている。どんな姿形を取っていようと、獲物を横取りしようとする不届者は邪竜様が容赦するまい」

「そうっスよねえ。いやあ、こりゃ自分が来た意味がなかったっス」

邪竜様への信頼をもって、二人して「わっはっは」と笑い合ったときだった。

町の地面が一気に濁った泥の黒みを帯びて、立ち並ぶ建物を緩やかに沈め始めた。

第4章　真の邪竜は

宿の廊下で水たまりに引きずり込まれた。

たかだか廊下の水たまりがなぜこんなに深いのか——と悠長なことを考えていられたのは一瞬だけで、あとはひたすら空気を求めてもがくばかりだった。

しかし、あがけどあがけど浮かぶことは叶《かな》わない。

それもそのはず。わしの前脚に聖女様が両腕でしがみついて、水底に引き込もうとしているのだ。そして、その表情。

わしは息苦しさに死にそうな顔をしているが、聖女様はもっと死にそうな顔をしていた。

いいや、覚悟を決めた決死の顔というべきかもしれない。見れば分かる。これは刺し違えてでも相手を倒そうとする戦士の面構えである。

やめて欲しい。落ち着いて話を聞いて欲しい。わしに相打ちを狙うような価値はない。

「ど、ど、どうだぁ——っ！　苦しいだろぉ————っ！　町中の魔物避けの水をぜーんぶここに集めたんだから！　こ、降参するなら今のうちだぞぉ——っ！」

全身全霊で降参したいけど、口からは泡しか出てこない。というか、魔物避けの水とか関係ない。普通の水で十分わしは死ぬ。

もうだめだ——諦めたわしが瞼《まぶた》の裏に走馬灯を見たときだった。

水で満たされた空間に、凄《すさ》まじいまでに濃密なレーコの殺気が走り抜けた。

殺気を放った人間の特定など、普段のわしにできる芸当ではない。では、なぜレーコの殺気と断言できたのかというと、聖女様の首筋に短剣を突きつけている半透明のレーコの幻影がうっすらと見えたからである。

この世のものとは思えないほど恐ろしい形相で命を狙うその姿は、さしずめ生霊のようだった。

「きゃぁぁぁあああっ⁉」

聖女様にも同じ幻が見えたらしい。むしろ、直接に殺気をぶつけられた分、わしよりリアルに見えたぐらいかもしれない。

あまりの恐怖のせいか、「きゅうっ」と息を詰めて聖女様が気絶する。

途端に空間を満たしていた水は潮のごとく引いていき、足先がわずかに浸るほどの水位を残して、石造りの白い床を露わにした。

空間の四方のどこを見ても壁は見当たらない。どこまで見渡しても延々と白い空間が続いている。

「なんだかんだで、いつも助けられてばっかりじゃのぉ……」

力の使い方を注意したばかりだったが、今のは本当に助かった。

聖女様はまだ青い顔で横たわったままうなされている。悪い夢を見ているようだ。おっかなびっくりと歩み寄りつつ、わしは爪先で聖女様の肩を揺する。

「あの、大丈夫かの？　たぶん誤解があると思うんじゃけど、できれば落ち着いて話を」

「う……ううん……はっ」

聖女様は意外とすぐに目を覚ました。そして、わしと目を合わせるや否や、猫のような瞬発力で跳び上がって距離を置いた。

「あ、危なかったぁ。あと一瞬起きるのが遅かったらトドメを刺されてた……」

「違うんじゃって。わしはそんなことしないから」

「騙《だま》されないもん！　だって邪竜は悪者に決まってるもん！　あっかんべーだ！」

べぇっと、と片目を指で剝《む》いて聖女様は舌を出す。わしの心がほんの少し傷つく。

わしが説得の言葉を考えているうちに、聖女様は再び臨戦態勢を取り始める。両手を熊手に構えて、じりじりと警戒するように下がり――またじりじりと下がる。

まだ下がる。

だんだん豆粒みたいになってくる。

「あの聖女様？　一旦話をしたいんじゃけど、その距離からでいいから話を」

「うきゃぁっ！」

ずざざざっ、と凄まじい後方すり足でさらに距離が開く。

どう見ても絶対に無理して戦おうとしていた。

なぜだろう。お互いに戦いなんて望んでいないのに、運命の奇妙な巡り合わせで敵対に陥るなんて。まるでこの世の無情の縮図ではないか。

わしはふと思いつく。

狩神のところで学んだ知識だ。こういうときは、敢《あ》えて無防備になって相手の毒気を抜いてしまうのだ。

いつぞやの地下洞窟と同じように、わしは腹を上向きにして床に横たわる。

「おぉーい。聖女様。見とくれ。わしはこのとおり戦うつもりはない。お主に敬意を表して挨拶に」

「千載一遇の隙ありぃ――っ！　ていやぁ――っ！」

「んぎゃああっ！」

わしの背に触れた床から、突如として間欠泉のような水柱が噴き上がり、わしの身体《からだ》を天高くへと一気に打ち上げた。

急上昇の重圧で死にそうになるが、真の恐怖はその圧が消えたときだった。

あらゆる支えが消えた、摑むものもない空中である。

白一色で狂った感覚は床との距離を正確に測れない。しかし、このまま落下すれば死を免れない高さだというのは確実に分かった。

「いかん」

そのとき、いやに冷静になったわしが考えたのはレーコのことだった。

ここで死んではレーコが有り余る力の寄る辺をなくして暴走してしまう。あの子にとっても人類にとっても、そんなのは悲劇でしかない。

わしの焦りとは裏腹に、身は重力に任せて地への勢いを増していく。

そしてとうとう、床に溜《た》まった水が大きな飛沫《しぶき》を上げた。

だが、わしの意識は保たれていた。それどころか、痛みすらない。地面に四肢をだらしなく開いた姿勢ながら、聖女様に視線を向けて相対することができていた。

その理由は、声が告げてくれた。

『ナンタル醜態。ソレデモ、猟犬カ』

わしの爪が喋った。

いいや、もう爪の形ではなかった。色を黒に変じた右前脚の爪は、まるで巨大な毬《まり》のように肥大化し、ぶよぶよとした感触をもってわしの身体の下でクッションになっていた。

「お、お主――その声。かっ、狩神様？」

『ソツギョウ、ハヤスギタ。ヨワスギ。見テラレナイ』

「はい！　わしは弱すぎます！　だからお願いします助けてください！」

クッションが途端に鞭《むち》の形状へと変化してわしを叩《たた》いた。

「ぎゃあっ！」

『甘ッタレルナ！　自立シロ！』

「お願いします本当に今回だけでええから！」

叩かれてもくじけずにわしは懇願する。

『……無理ダ。コノ距離デハ、モウ、助ケラレナイ。イマノ攻撃デ、ゲンカイ……』

「わしへの鞭打ちで貴重な最後の一撃を浪費したの？」

『弟子ヘノ鞭ハ、ナニニモ優先スル』

「そういう根性論は今時どうかと思うよわし。もうちょっと時代の波を取り入れてロジカルな指導方針になった方がええと思う」

『黙レ！』

たやすく限界を突破して鞭の二撃目が来た。油断していたわしはモロに喰《く》らいすぎて悲鳴も上げられない。

わしが呻《うめ》く間に狩神は平然と続けた。

『イイカ……コノ爪ハ、オマエガ強クノゾメバ、ドンナ形ニモナル』

「えっ。でもこの間すっごくしょぼい爪しか出せんかったけど」

『オマエ、ブキックル、ヘタ』

ああはい、とわしは頷《うなず》く。確かに『強く望む』と言えるほど武器に大して積極的ではなかった。そもそも可能ならば戦うよりも逃げたいクチなのだ。

『セイゼイ、知恵ヲ使エ。生キ延ビロ。幸運ヲ祈ル……』

「あ、ちょっと！　狩神様!?」

声が尻すぼみに小さくなり、鞭になっていた黒爪がいつもの白い爪に戻った。ごんごんと爪を叩いて呼び出してみるが、何の反応もない。

救援かと思ったのも束《つか》の間《ま》、すぐにまた孤立無援になってしまった。

だが、狩神とのやり取りの間、聖女様は何をしていたのか。はっとしたわしが視線を上げると、豆粒どころか芥子粒《けしつぶ》に見えるくらい遠くに聖女様っぽい点がいた。

――やい邪竜め。そんな風に自傷行為っぽい遊びをしている余裕なんてあるのかな？　わたしはまだ全然元気だよーだ。怖くなんかないよーだ。

「もう普通の声が届かないからって、いきなり心の声で挑発してこないで。あと自傷行為とかじゃなくて、さっきの爪はちゃんと別人が操ってたからね。そんな趣味はないからね」

うるさい！　と心の声が響いて、また空間の水位が上昇を始めた。

ただでさえ泳ぎはあまり得意でない。そこに加えて、水中を一瞬で泳いできた聖女様がわしの後脚をホールドする。

沈められる。

「なんか浮くもの！　なんでもいいから浮くものになって！」

必死で爪に念じる。武器は苦手でも、この手の退避行動には五千年分の経験がある。

果たして願いは実現する。爪はぷくりと膨らんで空気を含んだ浮き板となり、わしは前脚でがっしりとそれを抱き込んだ。

「んぐぐぐぐ……！」

水面下で聖女様は歯を食いしばっている。ふんばりすぎて鼻の穴が大きくなっている。

しかし同じことはわしにも言えた。浮き板にしがみつくのに力を使っているせいもあるが、それだけではない。この爪を変形させていると、まるで全力疾走しているかのように息が切れていくのだ。

とうとう聖女様も、わしがぜぇぜぇと喘《あえ》いでいるのに気付く。

「ま、まさかわたしが押してるの……？　あの邪竜レーヴェンディアを……？」

違うんです、邪竜じゃないんです、という声ももはや出す余裕がない。

「すごいわたし！　こんなに強かったんだ。ふふーん！　観念しろ邪竜め！　この水と豊《ほう》穣《じょう》の聖女に貴様の命という年貢を納めるがいいっ！」

嬉しそうな口上の間、引っ張る力が明らかに弱くなってわしは少し息を継げる。が、深呼吸を一挟みした途端にまた強く引き込まれる。

「えっへん。その爪のカラクリも読めちゃったもんね！　それ、すっごく疲れるんでしょ⁉　だって息が切れてるもん！　だったら……こう！」

わしの身を包む水が、まるで氷水となったかのように冷え冷えとしたものとなった。色も澄んだ透明から、ほとんど黒に近い濃紺に変じている。

同時にわしの力が一気に抜けた。

筋肉が弛緩《しかん》して腕が震え始め、板から徐々に引き剝《は》がされていく。

「体力も魔力も、この水で全部吸い取ってやる！　ほら、もう掴まってられないでしょ⁉」

きゃいきゃいと水面下で喜んでいる。無邪気な殺意にわしは涙を流すが、水飛沫《みずしぶき》まみれなせいでそれを悟られることはない。

そして限界が訪れた。

聖女様が繰り出した特殊な水に体力を吸い取られ、浮き板は萎《しぼ》み、掴む手が離れた。

まさにその瞬間。

たぶん、わしが飲んでいた若返りの薬の魔力も一緒に吸い取られたのだ。

ぼんっ！　という薬効切れの音とともに巨大化したわしの身体が、圧倒的な重量をもってダイナミックに着水した。飛沫が高く舞い、空間に大波が巻き起こる。

そして直下でわしの予期せぬボディプレスを受けた聖女様は――

勝ち誇った笑みを浮かべたまま、白目を剥いていた。


「うう……もうどうにでもしてください……」

聖女様の気絶とともに空間の水位は引いた。

しばらく目をぐるぐると回して伸びていた聖女様だったが、目を覚ますなり滂沱《ぼうだ》の涙を流して白旗を上げてきた。

元のサイズに戻ったわしを見て、完全に戦意を喪失したらしい。

「あのな聖女様」

「分かりました……もうお望み通り魔王軍でも何でも入りますから、町の人たちにだけは手を出さないでください……」

「人の話を聞かんうちから勝手に悪の道に落ちるのはやめなさい。そういうのはもう一人で間にあっとる。いい？　わしは魔王軍の一員とかじゃないから」

それを聞くなり、がばっと聖女様は跳ね起きた。

「魔王軍の一員ではない——で、ではやはりあの噂《うわさ》は本当に本当だったんですか？　あの邪竜レーヴェンディアが、大幹部の地位に飽き足らず、世界征服を企てて魔王に反旗を翻したという……」

「その話も五十歩百歩で間違っとる」

文中に正しい箇所が一つとしてない。

「わしはただ図体《ずうたい》がでかいだけのトカゲみたいなもんじゃよ。お主が怖がるような存在じゃないの。どうか落ち着いとくれ」

「え……？　だって、それならあの恐ろしい女の子は……？」

「あの子についてはわしも対応を苦慮しておる」

わしは床に伏せって頭を抱えた。

「……？　えっと、つまり、あの子の方が本物の邪竜レーヴェンディアということですか？」

「お主の発想もたいがいおかしいけど、一周回ってだいぶ惜しい」

「それでは、あなたは邪竜に捧《ささ》げられた生贄《いけにえ》の獣とか？」

「あ。うん。だいたいそんな感じ」

ズバズバと核心を突いてくる。レーコの前で言ったら即処刑の内容だけど。

「ところでさっき言ってたことじゃけど、詳しく聞いていい？　お主ってやっぱり魔物——っていうか、魔王軍に勧誘とかされとったの？」

聖女様は涙を拭いつつ、

「ええ、そうなんです。魔王軍の一員になって人類殲滅《せんめつ》の片棒を担げば、この町だけは見逃してやるぞと言われたんです。けど、全世界が魔物だらけになってここだけ無事って逆にぞっとしません？　住み心地悪そうですよね？」

「すごく異様な町になるよね」

少なくともわしは絶対に住みたくない。

まあ、だけどこれで安心した。確かに聖女様は魔物なのかもしれない。だが、町の人々を護っている存在だというのも事実のようだ。どういう経緯で魔物がそうなったのかは分からないが、結果よしならそれでいい。

「ですから勧誘は断っていたんです。というか結界で門前払いにしていたんです。しかし、聞けば数日前にペリュドーナという強者の集う街が魔物の大火に見舞われたということ。これは魔王軍も本腰を入れてきたのだと、戦々恐々としておりまして……」

「あそこなら大丈夫じゃよ。建物は焼けたけど、人の被害はほとんどなかったから。復興もたぶん早かろう」

「え？　そうなんですか？」

「そうそう。たまたまわしらも滞在しとったんじゃけど、レーコが街の防衛に一役買ってな。あの子も怖く見えるけど、あれで優しいとこあるのよ」

聖女様は喜々として立ち上がり、拳を握った。

「では、やはりあのレーコという少女形の邪竜様は、人類を助け魔王を倒されるつもりなんですね？」

「レーコはレーコであって邪竜とはまた違うから一緒くたにしないで」

しかし聖女様は単なる生贄に過ぎないトカゲの言葉など知ったことではないようで、

「そうと決まればあの子に討伐をお願いします！　見てろー！　あの邪悪な三つ首象め！」

「心当たりがあるけど、その象ならもう田舎に帰っとるんじゃないかなあ」

「あ、ところでトカゲさん」

一人で盛り上がって飛び跳ねていた聖女様が、くるりとわしに向きなおる。

「さっきは勘違いで危ない目に遭わせて申し訳ありませんでした。謝るだけじゃ済まないとは思いますけれど、このとおりです」

唐突ともいえる素直さで聖女様は頭を下げてきた。残念なアホの子とばかり思っていたので、この殊勝さには面食らってしまう。

「どうかしました？」

「いや、ちょっと驚いての。魔物といったら凶悪なのが多いとばかし思ってたんじゃけど、お主はえらく人間にも友好的みたいじゃし」

「そんなことはありませんよ。わたしだって最初はすごく凶悪な魔物だったんですから。

町のみんなのおかげで更生できたんです」

「信じられんのう」

　凶悪な様子がまるでイメージできない。さっきの戦いも、凶悪というより不慣れな必死さの方が目立っていた。

　ともあれ、わしと聖女様の間のわだかまりはこれで消え去った。これで万事が穏便に解決したこととなる。

「じゃあ、いつまでもこんなところに閉じ込めているわけにはいきませんね。町にお返しします。もちろん、すぐに出ていけなんて言いません。ゆっくり滞在してこの町を楽しんでいってくださいね。食事はとっても美味《おい》しいですから！」

　聖女様が手を叩くと、わしの図体でもくぐれるほど特大サイズの白亜の門が空間に出現した。荘厳な音を立てながら門が口を開くと、その向こうには町の中央の神殿が霞《かすみ》がかって映っている。

「これに飛び込むと、泉から『ぷしゃーっ』って噴き出して外に出られます」

「もうちょっと普通の出入口はないの？」

「すいません。その身体《からだ》の大きさだと、この出入口以外は通れません」

　仮に神殿の前で祈っている人がいたら、わしはすごく冒瀆《ぼうとく》的な水遊びをしていたと思われるのではないだろうか。それに、今のサイズのまま町に出たら騒ぎを起こしてしまいそうだ。

「そうだ聖女様。できれば、わしの泊まってる宿から薬の小樽《こだる》を取ってきてはくれんかの」

「薬ですか？」

「うん。あれを飲まないとわし目立っちゃうから。町の人たちも驚かせちゃうし」

「あ、そうですね。それならすぐ取ってきます」

サンダルでぴちゃぴちゃと水を踏んで、聖女様は門をくぐろうとした。

と、それよりも先に向こう側からこちらの空間に飛び込んでくるものがあった。

緑色の小さいバッタだ。

門からこちらに飛び入ってくるなり、羽ばたきをぴたりと止めて、狙ったように聖女様の肩に着地した。

普通の虫かと思ったが、漂ってくる異臭でそれが誤りだと気づいた。

「いかん。そりゃ死臭蝗《ししゅうこう》じゃ。早く追い払わんと嫌な臭いが付いてしまうよ」

本来は作物にたかって腐ったような臭いを付ける低級な魔物だ。群れなければそこらの害虫と大差ないレベルの存在で、わしにも倒せる数少ない魔物である。

「あら？　でも、結界でこの町に魔物は入れないんじゃなかったかの？　なあ聖女様、その辺の管理はどうなって——」

返事はなかった。

聖女様は肩に死臭蝗を乗せたまま、じっと硬直している。

「もしかして虫が苦手なのかの？　困っとるならわしが追っ払うけど」

のそのそと歩いて聖女様の救援に向かう。その足の振動だけで、死臭蝗は門の向こうに飛び去っていった。

一件落着、と思ったが、次の瞬間に振り返った聖女様を見てわしは腰を抜かした。

『――町を――沈め――』

顔の肌が紫色に染まり、目が煌々《こうこう》と赤く光っている。傾いた麦わら帽子が地に落ち、魔性の亜人に特有の尖《とが》った耳が顕《あら》わになった。

何が起きているか分からなかった。

だが、非常事態であることだけは確かだった。

聖女様はいかにも魔物という邪悪なオーラを放ち、文字通り人が変わってしまっている。

「我は水魔――底なしの絶望に人を呑み糧とする者――」

この豹変《ひょうへん》っぷりは覚醒したときのレーコを思わせた。だが、レーコと違って元の性格がわりあいまともだった分、言動の落差が大きい。

「せ、聖女様。いったい急にどうしたんじゃ」

「沈め……泥よ……何もかもを呑み込み無に帰すのだ……」

一面の白だったこの空間にも変化が生じた。まるで聖女様の変化を反映するように黒一色のそれとなり、浅く張っていた水がすべてぬかるんだ泥と化していく。

「泥の瀑布《ばくふ》に慄《おのの》くがいい」

という言葉とともに空間の泥がどんどん増えていく。わしの巨体は半ば埋もれかけるも、どうにか腹這《はらば》いで足掻《あが》いて沈まないように耐える。

が、努力はすぐ無駄になった。

聖女様の指振り一つで、空間内の泥がすべて門に向かって殺到したのだ。当然わしも一緒に巻き込まれて、雪だるまならぬ泥だるまのような格好で神殿の正面に放り出される。

「あいだぁっ！」

べたっ、ごろごろっ、と地に転がる。外界に戻れた喜びは困惑に上塗りされてまったく表に出てこない。

さらに驚愕《きょうがく》に追い打ちがかかる。わしを吐き出した泉からは未《いま》だ大量の泥が溢《あふ》れ続け、町中のあらゆる水路や井戸からも凄《すさ》まじい勢いで泥が流れ出している。

これは――聖女様がやったのか？

ただの泥ではない。流れた泥が普通の地面に触れると、同化するようにその場の土を新たな泥と変えていく。平和だったはずの町は、瞬く間に一面が沼地のごとき惨状となっていく。

「ククク……愚かなる人間ども……我が泥中にもがくがいい……」

泉から湧く泥の中から、変貌した聖女様が浮かび上がってくる。その笑みは狂相そのものである。

いけない、とわしは思う。

さっきまでの、町の人々を想う聖女様の様子に嘘《うそ》はなかった。彼女は心から町のみんなを愛しているはずだ。それが、どんな理由か正気を失って自らの手で町を沈めようとしている。

止めねば。

だが、どうやって？

レーコを呼ぶわけにはいかない。呼べばどこからでもすぐ飛んできそうだが、聖女様の命が保証できない。

迷うわしの視界に、ふと聖女様の被《かぶ》っていた麦わら帽子が入ってくる。流れ出た泥に混ざり、少し離れたところに落ちている。

もしかすると、あれが落ちたのが原因だろうか。あの帽子が聖女様の凶悪性を封印していた特殊な道具なのでは？

賭けてみる価値はある。

泥に埋もれてロクに身動きはできない。動けたとして、とても素早くは動けない。

わしは残った体力のすべてを費やして爪に命じた。

「伸びとくれ！」

伸びた。ただし、普段の倍くらいになっただけだ。まるで届かない。

ああ、これで万策尽きた。最後の体力を使い果たしたわしは、燃え尽きた灰のようになってズブズブと泥に身体を埋めていく。

薄れゆく意識の中、町が異変で大騒ぎになっているのがうっすら聞こえた。


あちらこちらから鐘の音が響いている。避難を促しているのだろう。

ホラ貝を吹く荘厳な音も響いている。鐘のない人が代わりにしているのだろう。

天を割るような歓声も響いている。恐怖しすぎて悲鳴も高くなっているのだろう。

酒だ飯だと騒ぐ声もあちこちに響いる。最後の晩餐《ばんさん》なのだろう。

ソイヤソイヤの掛け声とともに、打楽器がズンドコと打ち鳴らされて――ソイヤ？


場違いすぎる音のインパクトにわしは意識を取り戻して目を見開く。

そこには、泥の上を巨大なソリじみた乗り物で滑りながら打楽器を打ち鳴らす、フンドシ一丁の男たちの熱い夏があった。

何あれ？　新手の魔物集団？

よほど熱中しているらしい。獣革の張られた樽を木の棒で一心不乱に叩き続けており、泥に半分埋もれているとはいえわしの巨体に気付いていない。ソリを引いているのは、鍋の蓋を裏返したような丸下駄《まるげた》を履いた男たちである。当然のようにこちらも半裸だ。中には昨日に通りすがって見た顔もあるので、魔物ではない。

れっきとしたこの町の住人たちである。

町が泥に埋もれたのが怖すぎて精神に異常をきたしたのだろうか。

だが、それにしてはソリといい下駄といい泥への対策が万全すぎる。昨日や今日で準備できるものではないし、それをすぐに使いこなす対応も一朝一夕の技ではない。

「おぉーい、レーコ」

わけがわからなくなったわしは、たまらず禁断の切り札を使う。声を上げるなり町の外れの方面で、巨大な漆黒の翼が宙に広がった。

音速を遥《はる》かに超えた飛翔《ひしょう》。衝撃波が生んだ雲の輪を軌道に曳《ひ》いて、翼の持ち主は数秒もなく眼前に舞い降りる。

「ただいま馳《は》せ参《さん》じました邪竜様」

「お主の登場の仕方には驚かされるけど、今は驚くことが多すぎて逆に普通に見えるの」

いろいろと頼みたいことはあったが、まずは最優先の質問事項を尋ねる。

「とりあえずレーコ。わしがおらん間に変わったことはしとらんの？」

「特にありません。子供たちと遊ぼうと鋭意努力しておりました」

「ならよかったわい。どんな遊びをしようとしてたんじゃの？」

「ドラドラというおとなしいドラゴンを探していました。子供たちが餌付けをしたがっていたようで」

わしは全身から冷や汗を噴き出した。

「あ、あぁー……うん。で、どうじゃの？　見つかりそう？」

「既にそれらしきドラゴンを確保しております」

一体どこのドラゴンさんが冤罪《えんざい》で捕まってしまったのか。なおもレーコは止まらず、

「首を斬り落として頭だけを餌付けごっこに使おうとしていたのですが――その折に町がこのような事態となりまして。遊んでいる場合ではないと一旦中止した次第です」

「すごい遊びじゃのう。邪教の儀式かのう」

わしの脚は小鹿のようにガタガタと震えている。首だけを玩具《おもちゃ》にされる光景は一歩間違っていた場合のわしの未来である。

「ところで邪竜様。そこに立っているのは聖女ですか」

聖女様は指揮者みたいな動きで泉から泥を湧かせ続けている。

「そうじゃけど。彼女のことでちょっとお願いしたいことがあってね」

「分かりました」

「短剣をしまいなさい」

全然分かっていない。明らかにトドメを刺すつもりだ。

「そこに帽子が転がっとるじゃろ？　あれを聖女様に被せてきてはくれんか」

「承知しました」

レーコは泥の上をずいずいと歩いていく。足をまったく取られないのが不思議だったが、よく見るとほんの少し空中浮遊していた。もう嫌だ。

つつがなく帽子を拾ったレーコは、一瞬で聖女の背後を取って――明らかに暗殺者じみた動きだったが――とりあえず手出しはせずに帽子だけ被せた。

聖女様の様子に特に変化はなかった。

「……さて、どうしたもんかの」

「邪竜様。して、この聖女はいかにしましょうか。聞けば魔王軍の幹部――心を操る魔物が、聖女に憑《と》りついているとのこと。もろともに消し飛ばすのもやむなしと考えますが」

「え」

操られている？　しかも、魔王軍の幹部？

寝耳に水の情報にわしは当惑した。

待て。豹変する寸前、バッタの魔物が聖女様に貼り付いていた。あれがもしかして、聖女様に幹部とやらを運んできたのだろうか。

「邪竜様もそれは感じておられたはず。なぜ、魔王軍の幹部を見逃して聖女に憑りつかせたのですか？　やはり一網打尽に処分するおつもりで？」

まずい。確かにレーコからすれば解せないだろう。邪竜レーヴェンディアともあろうものが、魔王軍の幹部の姦計《かんけい》を見抜けず町を落とされてしまうなど、決してあってはならない失態だ。

ちなみに聖女様はさっきから泥を湧かせるのをやめているが、レーコが手をかざして金縛りにかけているからである。わしの見知らぬ技を次から次に繰り出さないで欲しい。

「――やれやれ、そんなことも分からないのか？　ずいぶんと鈍い眷属《けんぞく》を持ったな、レーヴェンディア」

突然の声に視線を向けると、近くの民家の屋根の上に腕組みをして佇《たたず》んでいる人影があった。

鎧甲冑《よろいかっちゅう》を身に纏《まと》い、しかしその重みを感じさせぬ身のこなし。

「貴様は」

「あ――アリアンテ？　なんでここに？」

「なんで、はないだろうレーヴェンディア」

アリアンテは地面に飛び降りた。どういう技巧か、泥地に鎧だというのにこちらもまったく身体《からだ》が沈まない。

「この町の番兵たちからギルド経由で『悪名高い邪竜が来た、救援をくれ』と泣きつかれてな。お前たちが無害なのは知っているが、伝言でそう伝えても納得せんだろうから、ペリュドーナの代表として直接私がやって来たわけだ。そしたら町がこんなことになっていてな」

わしの心に光が灯《とも》る。この窮地になんて心強い援軍なのだろう。

「ええタイミングで来てくれたのアリアンテ。よければ、お主の方からレーコに説明してやってはくれんかの。この聖女様の件に関するわしの考えを」

「えっ」

しかし、アリアンテが漏らした一言は絶望的なそれだった。

『えっ、じゃないわい。なんか言い訳考えて助けに来てくれたんじゃないのお主？』

『来たのはたまたまだ。一瞬だけでも考える時間を稼いでやっただけ感謝しろ。今からでも早く考えろ。早く貴様の無能をごまかさないと新しい邪竜が生まれるぞ』

『ムリムリムリ。だってもうわし頭の回転鈍くなっとるし』

一瞬の間に、目線だけでこういうやり取りが展開された。

一方、レーコの機嫌は目に見えて斜めになっていく。わしとアリアンテだけが分かる風に意思疎通しているのが気に食わないのかもしれない。

「邪竜様。よろしければ私にもお考えを教示していただきたく思うのですが――」

アリアンテが神妙な顔で親指を立てた。グッドラックとでもいうつもりか。恨んでやる。


そのとき、再びソイヤの群れがズンドコとわしらの眼前を通過していった。

一つだけ分かった。彼らは町を周回している。


「……邪竜様。あれは？」

これが僥倖《ぎょうこう》とみなし、わしはイチかバチかのギャンブルに出る。

「そう、レーコ。あれが此度《こたび》の理由を物語っておる……」

「まったく理解できません。あの集団は一体……？」

わしも気になる。ゆえに命じた。

「宿から薬を取って来てくれるかの。そして奴らを追えば、自《おの》ずと答えは見えよう」

「はっ。分かりました」

レーコは金縛り状態の聖女様を引きずったまま宿屋に向かっていった。一息ついたわしはアリアンテに振り向いて、

「あの人たちはなんじゃろ？　お主、知っとる？」

「他所《よそ》の町の風習はあまり知らん。だが、どこからどう見ても祭りか何かだろうな……」

「この状況で？　農作物の被害も結構深刻じゃないの？　祭りなんかしとる場合？」

「私に聞くな。ヤケクソで祭ってるだけかもしれん」

「それにしてはずいぶん手慣れたヤケクソじゃない？」

「戻りました」

うわっ、と思わず声が出た。いつの間にかわしの傍らに立ってレーコが小樽《こだる》を差し出している。傾けてもらって一滴を口に入れると、人前に出ても問題ないサイズに縮む。

「では早く奴らを追いかけましょう邪竜様。あの奇態なる連中の素性を摑むのです」

そこに現れる三周目のソイヤ。

さらに分かった。彼らはどんどん加速している。

謎を解くべく、わしらは泥道をひた進んでいく。道を歩くうちに、ソリの跡が他にもたくさんあることに気付く。この町には大量の泥用ソリがあるらしい。

これではまるで、聖女様がこうなることを予期していたようではないか。

そして辿《たど》り着いた広場で、その答えが見られた。

「さあみんな！　大いに喜べ、歌え、踊れ、騒げ！　とうとう聖女様のお恵みが湧いたぞ！　ゆうに数百年ぶりの泥祭りだ！」

「ああ！　これで来年から向こう十年は豊作ってもんだ！」

「いやあちょうどよかった。うち今年は麦の病気が流行《はや》っててさあ。この泥が全部清めてくれるし、積立金の保険は下りるしで、ほんと聖女様最高だわ」

ソリや丸下駄で泥への対策をガッチリ固めた住人たちが、やいのやいのと喝采を上げて宴の準備を始めていた。

「……泥祭り？」

レーコの呟きにわしは返す言葉もない。代わりに、レーコに引きずられて地を這《は》う聖女様が、魔物モードのままで顔を覆って涙を流していた。

「なんでぇ……わたしが頑張って泥を作ってるのに……周りを耕さないでよぉ……開拓しないでよぉ……泥を勝手に持っていかないでよぉ……人を沈めるための特製の泥なのに、畑の土に最高とか言わないでよう……お願いだから誰か沈んでよぉ……」

この町が生まれた経緯と、この子が聖女様に落ち着いた理由が、だいたい分かった。

『この町を築いたのは、魔物に故郷を追われた開拓民の一団でした。魔物が跋扈《ばっこ》する平原で互いに身を守りあい、安住の地を探していた矢先に――彼らは平原の真ん中で、こんこんと肥沃な泥を湧かせる不思議な沼を発見したのです』

「お主、平原の真ん中なんかで罠《わな》広げとったの？　見晴らしよくて誰も落ちんよ」

未《いま》だに魔物状態の聖女様はえぐえぐと泣きながらうつぶせに寝ている。

祭りで酔っぱらった泣き上戸と思われているので町の人たちは誰も気にしていない。

目の前で演じられているのは、この町の成り立ちを元にした歴史劇である。進行役の解説に沿って、下手な演者たちが棒読みの台詞《せりふ》を読み上げている。

『ややっ！　これはなんといい土だ！　沼の泥のくせに水はけもよく、養分が豊富じゃないか！』

『しかもこの近くには魔物が全然寄ってこないじゃないか！』

たぶん縄張りの関係で低級魔物は近寄ってこなかったのだろう。

というか、開拓民たちの利用根性が並外れて図太い。辿り着いて三日もしないうちに沼の特性を分析しきって、完璧な有効活用法を考案していた。

辛《つら》い過去を思い出した聖女様はまだ泣いている。

「……うぇぇ……人間が寄ってたかってわたしを食い物にするぅ……毎日頑張って泥をブレンドしてるのに誰も落ちてくれないし……たまに落ちても普通に出ていくし……」

「よしよし。ブレンドの比率がちょっとだけ農業向きじゃったんじゃろうなあ。そう落ち込まんの」

まあ、落ちた人が普通に脱出できている時点で底なし沼としては失格だろう。

と、劇の中では最初の収穫の時期が訪れていた。

『なんということだ！　もうすぐ収穫できるというのに、魔物がやってきているのか⁉』

『なんてこった……ついに新しい故郷が見つかったと思ったのに……』

どうやら縄張りの侵犯を恐れない強さの魔物が現れたようだ。どうなるのかとハラハラして劇を見ていると、裏手からお面を被《かぶ》った男性が登場した。

『わははー。この町を襲《おそ》ってやるぞー』

そして棒読みに応じたのは、同じく裏手から登場した青髪のカツラをかぶった女性だ。

『そうはさせません！　この町の人々はわたしが護《まも》ります！』

舞台に向けて万雷の拍手が送られた。進行役も声を熱くして語る。

『このとき、町を護るために御姿を現したのが、我らが聖女様でした。そう、彼女は平原に湧いた沼の主だったのです。そして見事に魔物を追い払った彼女に、開拓民たちは信仰を捧《ささ》げることとなりました』

「……だって、わたしの獲物だもん。横取りされたらすごく悔しいもん」

「いろいろ台無しじゃのう」

けれど、劇なんてろくに見たことがないから、どんなに下手糞《へたくそ》でも結構面白い。

『町が大きくなり始めたころ、沼は突如として清廉な泉となりました』

「……泥が使われるなら、押してダメなら引いてみろと思って」

『これを幸いと、人々は水路を引いてさらなる畑の開墾に努めました』

聖女様はごろごろと転がって悶《もだ》えた。ここ数百年の追体験をしているようである。

そうして長々と劇は続き、

『かくして今日のこの町が、我々があるのです。さあみなさま、聖女様に感謝を捧げましょう』

という祈りの言葉で締めくくられた。

「ほら聖女様、捧げられとるよ」

聖女様は途中からその辺の資材の山に向かって三角座りをしていた。呼びかけつつ顔を覗《のぞ》き込んで、おやと思う。

魔物の侵食で顔が紫色に染まっていたのに、半分くらい普通の肌色に戻っていた。

「そ、そうかぁ……。みんなが頼りにしてくれるならそれでもいいかなぁ……。なんだか不思議と力も湧いてきたし、食べる前にもうちょっとだけ様子を見てあげてもいいかなぁ」

ニヤニヤしていた。どうやら山は越えたようである。

「邪竜様。ただいま戻りました」

そこでレーコが戻ってきた。町の外に来ていた魔王軍のドラゴンを、三頭象とともに遠くの森に送り返してきたのだ。

「邪竜様式の教育法で二度と人里を襲えぬようにしておきました」

そんな教育法は知らない。

「それにしても、すごい賑《にぎ》わいですね。邪竜様がそこの聖女をわざと操らせたのは、この祭りを開催させるためでしたか」

「あ、そうじゃの。賑わってる方が楽しいもんの」

「やはりご慧眼《けいがん》です。聖女の愚劣さすら計算に入れていたのですね」

「……うん。ん？」

苦しいやり取りの中で、急に背中に重みを感じて振り向くと、聖女様がわしにもたれかかっていた。顔色はとうとう元通りにまで回復している。

「おお、やっと戻ったんじゃの。よかったよかった。これで一件落着」

しかし、わしは少しだけ釈然としなかった。

少しずつ洗脳を押し返していたようだったのに、最後だけこんなに一気に回復が進むものだろうか？

そう考えたとき、わしの心の中に声が響いた。

『この水魔はもう使えん。仕切り直しだ。そこのドラゴン、貴様の身体を使わせてもらうぞ。さあ。心の闇を覗かせろ』

しまった、と思う間もなく意識が黒く染まっていく。

過去の悪行が記憶の底から湧き上がって来て、わしの心を闇に染めようとする。そうだ、魔物が憑《と》りついていたのだ。聖女様から宿主を移す可能性は考慮してしかるべきだった。

『本性を晒《さら》すのだ。心を顕《あら》わにしてこそ真の力は生まれ出ずる。我は貴様の真なる望みを叶《かな》える者。さあ、醜い心根を曝《さら》け出すのだ』

悪魔の囁《ささや》きがわしの心を満たしていく。――わしは。


――美味《おい》しい葉っぱのなる木を独り占めしたことがあります。


「はっ」

過去最大の悪行を内心に吐露した瞬間、わしは意識を取り戻した。

「流石《さすが》です邪竜様」

「あれ？　今わしどうしてたのレーコ？　なんで褒めるの？」

ご謙遜をなさらないで下さい、とレーコは嬉しそうに微笑《ほほえ》んだ。

「たった今、例の精神魔物が邪竜様に乗り移ろうとしましたが、邪竜様の大いなる闇の奔流に呑《の》まれ――消滅したようです」

わしはとても申し訳ない気分になった。

「さすがは邪竜様だな。まさか魔王軍幹部を瞬殺するとは」

「お主、その発言は本当に心の底から言っておる？」

聖女様を寝かせるために戻った宿屋の部屋。

苦笑気味で台詞を言ったアリアンテに、わしは複雑な心境で返す。一人だけその言葉を額面通りに受け取って喜んでいるのはレーコだ。

「当然だ。邪竜様にかかればあのような姑息《こそく》な魔物など羽虫も同然。闇を糧とする魔物であろうと、冥府の深淵《しんえん》より生まれた邪竜様の御心《みこころ》を覗いて無事でいられるはずがない」

「あぁすごいな。ところでレーヴェンディア、まるで関係ない話なんだが、ドブ川に住む魚は綺麗《きれい》な水だと逆に死んでしまうという話は聞いたことがあるか？」

「奇遇だけど、ついさっきとてもよく実感したところ」

レーコは「いきなり何の話を？」という風に怪訝《けげん》な顔をしたまま、聖女様の額に固く絞った冷やし手ぬぐいを載せている。

「……いいか、早く起きるがいい聖女もとい水魔……。邪竜様はこの私に、じきじきに貴様の看病を命じられたのだ……。貴様も全身全霊で快方の期待に応えるがいい……」

耳元で囁かれて聖女様はうなされている。

「レーコ。そんなに急かさないの。優しく看病してあげて」

「では水に沈めましょう」

「看病の定義にダメージの上乗せは含まれていたかのう」

「元が水魔ですので水に漬ければ元気になるかと思いまして」

「善意なのは分かったけど、できれば普通の病人を扱う感じでお願いね。万が一のことがあったらいかんから」

「かしこまりました。全力をもってこの水魔を優しく扱いましょう」

応じたレーコは甲斐甲斐《かいがい》しく聖女様の枕元で世話に勤《いそ》しむ。なんだか禍々《まがまが》しい雰囲気はあるが、表向きは微笑ましい光景である。

と、アリアンテが耳打ちでわしに尋ねてくる。

「なぜわざわざ眷属《けんぞく》の娘に看病なぞさせる？　放っておいてもじきにあの聖女は回復するはずだぞ」

「レーコの方がやけに聖女様を敵視しとったからね。ああすれば少しは関係もよくなるかなあ……と思って」

「確かに、見た感じでは仲良さそうに見えるが……まあいい」

息を吐いたアリアンテは親指で宿の外を示した。

「少しばかり話がしたい。時間をもらえるか」

「ん。ええけど。ここじゃいかんの？」

「できれば眷属の娘は外して欲しい」

ぴくっ、とレーコの耳が動いて、きりきりと首をこちらに回してくる。

「……ほう？　この私を差し置いて、邪竜様と二人きりの会話を……？」

「お前に聞かせてよいか判断に困る話なのでな。レーヴェンディアがお前に伝えても問題ないと判断すれば、後で伝えるだろうよ」

「分かりました。後で楽しみにしております邪竜様」

「アリアンテさ。お主ってわしの心労をわりと軽く見てるところあるよね」

たぶん、レーコを外すということは、邪竜としてのわしではなく、レーコの御守《おもり》という本来の立ち位置のわしに対しての話だ。聞かないという選択肢はない。

レーコと聖女様を二人だけにするのはやや不安があったが、通常の看病を厳命してあるのでまず大丈夫だろう。なんだかんだで、言われたことは守る子だ。

「じゃ、ちょっと行ってくるからの。おとなしく待っててな」

先を行くアリアンテに付き従って廊下から外へと向かう。部屋に戻ったときにも気になったが、なぜか廊下の窓が全部割れている。宿の主人に経緯を深くは聞いていない。聞いたら何かしらの罪悪感が湧く懸念があったからだ。

「それで、話って何かの？」

念のために宿屋から数軒は距離をとって、わしとアリアンテは人気のない道脇に腰を落ち着けた。

「ああ。まずはこれだ」

びしっ、と手甲に包まれた指先でアリアンテはわしの眉間を突く。そして――

「んぎゃっ！」

わしの身体《からだ》に電気のような痺《しび》れが流れた。伏せていた身が痙攣《けいれん》で跳ねあがり、思わずわしはアリアンテから後ずさる。

「い、いきなり何をするんじゃの!?」

「本当にあんなふざけたことで魔王軍の幹部が死んだのか不安だったからな。あのポンコツ聖女の近くにお前を置いておけば、魔物が鞍替《くらが》えを狙うのは予想できていた……そんなナリでも一応は竜だしな。そしてお前はあれ以上にポンコツだから御しやすくなるとも踏んでいたが――まさかああまで上手《うま》くいくとは、逆に不気味だった」

「んで、今のビリリッていうのはなに？」

「確認までに、軽く攻撃してみただけだ。お前の中で魔物が生存していたら自己防衛の反応があったろうが、それもなかった。本当に浄化しきったみたいだな。なんなんだお前、どれだけ毒のない生き方をしてきたんだ？」

「え、これってわしが怒られる流れなの？」

「いや、別に構わないんだが、お前らを見てるとなんだかいろいろと馬鹿らしくなってしまってな……」

わしは額をさすって痛みに浮いた涙を拭った。そんなことをわしに言われても、と思う。

「じゃあ、話っていうのは今の確認で終わりかの？」

「それもあるが、他にもまだある。あのレーコという眷属の娘の知り合いなんだが、ライオットという少年に覚えはないか？」

へ？　とわしは間抜けな声を発した。

「知っとるけど、なんでお主があの少年の名を？」

「知っていたか。あの少年が、お前たちと入れ違いで私の道場に来てな。『邪竜を倒してレーコを助ける』と言って聞かんのだ。そのために訓練を付けてくれ――と」

「も、もちろん断ってくれたよな？」

「いや受けたが」

「裏切り者ぉっ！」

「たわけ！」

「へぶっ！」

抗議に叫びかかるわしを迎撃するようにして、凄《すさ》まじく強烈なビンタが浴びせられた。

振り抜かれた掌はわしの視界にお星様をきらめかせ、意識を半分ほど持っていきかける。

「早合点するなレーヴェンディア。承諾したのはお前を狙わせるためではない、うちの街で足止めをするためだ」

「……足止め？」

脳へのダメージにくらくらと揺れながらわしは反復する。

「そうだ。下手に断れば単独でお前たちを追跡してしまうだろう。それで接触してしまったらとんでもない事態になる可能性がある。だから、弟子入りさせるという形でわざと時間を浪費させているわけだ」

「あ、そなの。よかった。じゃあ訓練は付けてないのね？」

「いや、それは存分に付けているが」

「なんで？　それで成長しちゃったらわしの命とか危なくなるよね？」

馬鹿者、とアリアンテがわしの脳天に軽い手刀を落とした。

「稽古をしなかったら不満を持って出ていくだろう。そして仮にもうちの道場に一度入門させたからには、生半可な特訓で済ませるわけにはいかない。死ぬか死なないかのレベルで日夜猛トレーニングを積ませている。とりあえずもう二回は心停止した。強引に蘇生《そせい》させたが」

「さらっとおぞましいことを言うのう」

「そうか？　戦士なんてみんなこんなものだぞ？　未熟なうちに二桁以上は心停止して、回復魔法でその都度蘇生させられて、自分の人間性をちょっと殺してからが本番の世界だ。好き好んで魔物とやり合う連中の頭がまともなはずがあるか」

「そっかあ。わし、そんな人たちと絶対関わり合いにならないようにしようっと」

　今度は手刀どころではない。アリアンテがわしの脳天を握り潰さんばかりの迫力で爪を立ててくる。

「何を言っている？　そんな低い志でどうする。あのライオットという少年に才能はない。だが、根性だけはある。場合によっては卒業を認めざるを得ない日も来るやもしれん。そんな日が来たら、お前が自力であの少年を迎え撃つしかないんだぞ？」

　わしは事の深刻さを理解して顔の皺《しわ》を深めた。

　確かにそうだ。ライオットが追ってきたとき、わしが自力で対応できなかったらレーコが消し炭にしてしまう。

「そもそも、お前がそこまで弱いというのが解せん。今の姿はともかく、薬が切れたらあれだけの図体《ずうたい》だろう？　動物というのは身体の大きさと強さが比例するものだ。あの体重を支える膂力《りょりょく》を攻撃に転用するだけで、どれだけの威力が生まれるか」

「うん。実はわしもね、精一杯頑張ったらイノシシくらいは追っ払えると思うよ」

「そんな小さいスケールで物を言うな。だいたい追っ払うなんて発想が甘い。踏み潰せるだろあの巨体なら」

「えぇ、想像しただけでぞわっとするのう」

　仮に実行する度胸があっても、わしの鈍足を受けてくれるほど呑気《のんき》な野生動物はいない。

ましてや魔物においては言うまでもない。

「……どうも、お前は性格面が成長の足を引っ張っているフシがあるな。もっとも、臆病だからこそ生きてこられたんだろうが」

悩ましげにアリアンテは髪を掻《か》いた。面目ないとは思うが、元よりわしに荒事の才はない。体格が恵まれていても、それを活かすための戦意が欠落しているのだ。

「ともかく、あまり眷属に情けないところを見せるなよ。いかにポンコツだろうと、あの娘にとってお前は魔王すら凌駕《りょうが》する『邪竜』レーヴェンディアでなくてはならないんだ。その期待を決して裏切るな」

「……頑張るよ。うん、頑張りはするけどね」

覇気なく肩を沈めたわしを見て、アリアンテは憐《あわ》れむような眼《め》になった。そしてごほんと咳払《せきばら》いして、

「最後にもう一つ」

「何じゃの……」

「ペリュドーナの街での功績が評価されて、お前の首にかかった懸賞金が凍結された」

わしは両の前脚を振り上げて盛大に歓喜した。今日はいい草が食えそうである。

「そんな風に気を抜くから、できれば言いたくなかったんだが……」

「いやいやそんなことはないよ。わしは十分これで気を張っておるよ。全っ然喜んでなん

かないよ」

「ホクホク顔で言うな」

呆《あき》れた様子のアリアンテをよそに、わしの機嫌はすっかり回復していた。憂鬱な話もひと通り終わり、尻尾を振りながら宿屋に並んで戻る。

「やぁレーコ。ただいま戻ったよ。聖女様の調子はどうじゃな？」

部屋の扉をアリアンテに開いてもらって、わしは硬直した。

寝台の上でもがく聖女様を、レーコが馬乗りになって強引に押さえ込んでいたのだ。きゃあきゃあという悲鳴と、動くな黙れという恫喝《どうかつ》が交互に響いている。

「お帰りなさいませ邪竜様。申し訳ありません。少し看病が荒くなっておりまして」

「ええと、これはどういう状況か説明してくれるかの」

「この水魔が起きるなり部屋を飛び出そうとするものですから――こうして寝台に押さえつけて看病を継続しておりました」

「放してっ！　放してくださいっ！　わたしは操られてとんでもないことを……町を泥に沈めてしまったんです！　このままじゃ町のみんなが大変なことに……。早く！　早く外に出てみんなを助けないと！」

精神魔物の憑依《ひょうい》が完全に解け、自分が町を沈めてしまったことをいまさら再認識したらしい。

「動くな喋るな。貴様は一切余計なことをしなくていい。すべての感情を消せ。泣きも笑いもするな。何も考えぬ石となって静養に努めろ」

なんでこの子はこうも気遣いが下手かな、と思う。

わしは部屋の窓をからりと開けて、流れ込んでくるピーヒャラという祭囃子《まつりばやし》を聖女様に聞かせた。

「え、これって……？」

「お祭りじゃよ。心配せんでええ。お主の湧かせる泥をみんな心待ちにしとったようじゃよ」

聖女様は泥が利用されることは知っていたようだが、まさか町全体を沼化してなお感謝されるとは想像もしていなかったようだ。こうして備えがある以上、過去に何度か同じことをやっているはずだが、たぶん魔物時代のことで記憶が曖昧なのだろう。

だが、一安心と喜ぶべき状況にあって、聖女様はなぜかいささか不満げな顔になった。

「あっ、そうなんだ……。ふーん……よかったね！」

ばさりと毛布にくるまって、芋虫みたいにすっかり丸まってしまう。レーコはその上に跨《また》がって「ついにおとなしくなったか……」と勝利の笑みを浮かべている。一見すると仲がよさそうに見えるが、わしの求めていたものとは何かが決定的に異なっている。

「レーコ。もう聖女様は元気になったみたいだから看病はやめでええよ」

「了解しました。ときに、そこの騎士との話はなんだったのでしょうか？」

「んー。そうね、人類と仲良くしましょうって感じの話よ」

わしの頭の中には懸賞金が取り下げられたという内容しかほとんど残っていない。

「ふ。もったいぶるから何かと思えば、やはり邪竜様に媚《こ》びる内容だったか……どうせそんなことだろうとは思っていたが……」

アリアンテは憮然《ぶぜん》とした顔つきでわしをそっと睨んできた。だって、他にどう説明しろというのだ。

「元より我らは魔王を倒すまで人間とは矛を交えぬと決めている。一度決めた約束を反故《ほご》にするはずがあるまい」

滔々《とうとう》と語るレーコは自慢げである。わしとアリアンテは表情を消してただ聞き流していたが、一人だけごそりと反応する者があった。

被った毛布をずらし、聖女様が目から上だけをそっと出していた。

「……あの、レーコ様？」

「なんだ水魔。看病は終わった。帰りたければ帰れ」

「やっぱりレーコ様は人類に味方し魔王を誅《ちゅう》してくださるよき邪竜様なのですね……？」

じわじわと身を起こした聖女様は、がしっとレーコの両手を掌に包んだ。

反してレーコはすごく嫌そうな顔をした。

「勘違いするな。私は邪竜様の眷属《けんぞく》に過ぎない。邪竜様はそちらにいらっしゃる――」

「え？　あれはトカゲさ」

「あ――っ！　あ――っ！　うわあ――っ！　そういえば今日はいい天気じゃなぁ！」

間一髪でフォローが間に合った。いきなり謎の喚《わめ》きを見せたわしに聖女様とレーコは目をぱちくりとさせたが、わしが「お気になさらず」と付け加えると、気を取り直して話を続けた。

「ええっと。とにかくですね、邪竜様が人間にご助力してくださるということでしたら、ぜひお願いしたいことがあるんです」

「言ってみろ」

『邪竜様』が誰を示しているかは二人の中で齟齬《そご》があるようだったが、ひとまず無事に会話は成立を見ている。

寝台から立ち上がった聖女様は、枕元に置いてあった麦わら帽子を被り直して、窓の外を指差した。

「今はまだおとなしくしているようなんですが、町外れの結界に魔物の反応があるんです。しかも、結構強いやつです。あんなのが来てるなんて町の人が気づいたら、お祭りが中止になっちゃいます。こっそり退治しちゃってはくれないでしょうか？」

「――ふむ。貴様のためというのは癪《しゃく》だが、町を襲《おそ》う魔物となれば看過はできん」

許可を求めるようにレーコが振り向いたので、わしは頷きかけたが、

「いいや、ここは私がやろう。出先での鍛錬と思えばちょうどいい」

遮ったのはアリアンテだ。

「頼まれたのは私と邪竜様だ。なぜ貴様が手を挙げる？」

露骨にぶすくれるレーコに、アリアンテは冷静に説きかける。

「祭りを中止させたくない――というのが聖女様の希望だろう。それでいうとお前は不適格だ。なにしろ加減が下手ときている。魔物は一発で倒せるかもしれんが、爆音や地響きで祭りはまず間違いなく中止される。かといって、邪竜レーヴェンディアじきじきに雑用を働かせるわけにもいかんだろう？」

気の利いた申し出のようだったが、さっきの『戦士はみんな頭おかしい』発言を聞いたせいで、ただ戦いたいだけなのではないかと邪推してしまう。

「――いいだろう。だが、邪竜様の代理である私の代理だ。みっともない姿は晒《さら》すな」

「努力はしよう」

アリアンテは苦笑する。すかさず、交渉妥結と見た聖女様がアリアンテに駆け寄って手を握る。

「貴方様《あなた》はどこのどなたか存じませんが、魔物を倒してくださるんですね⁉　あ、よく見たら結構強そう！」

「ああ。微力ながら尽くさせてもらう」

「それじゃ案内しますね。どうぞこちらへ！」

元気一杯に衣の裾をはためかせて、聖女様は部屋を飛び出していく。

「あの聖女とやらもだいぶ強そうに見えるんだがな……」

とは追いつつ呟《つぶや》くアリアンテ。

「なんだか、守るのは得意でも攻めに回るのが苦手みたいじゃよ。ここだけの話、わしでも生き延びられたし」

後半はレーコに聞こえぬように声を落とす。

「それは相当使えないな……。お前なんか毒矢を使えば子供でも簡単に殺せるのに」

「現実的に怖いこと言わないで」

町はずれに向かう道中には、泥にまみれた麦畑が広がっている。聖女様は喜ぶべきか悲しむべきかという複雑そうな顔でそれを眺めていた。

やがて町の境界そばまで来ると、彼女は水路の外に鎮座する大きな影を指差す。

「あれです。あそこの結界そばでじっと座ってるのが魔物です」

目を凝らしたわしの視界に魔物の姿が入る。そいつは巨大で、翼を持ち、銀色をしていた。

おや、と思う。

あれは先ほどレーコが話していた、町の侵略を企んでいたというドラゴンではないのか。

ドラドラ（わし）と勘違いされ、哀れにもレーコの拳一撃で撃沈せしめられたという――

「懲りずに来たのか？」

アリアンテが背の鞘《さや》から大剣を抜いて近づいていくが、様子がおかしい。

銀のドラゴンは構える様子もなければ、微塵《みじん》の敵意も発していない。

こちらの姿を認めるや、おもむろにこう言っただけだった。


「俺の名は――ドラドラ」


彼に一体何があったのだろう。

一挙に悲痛な空気が漂い始める。まるで爪と牙をすべて抜かれた猛獣を前にしているようだった。

彼は目から一切の光を消して、うわごとのように「ドラドラ……ドラドラ……」と繰り返している。素人目に見ても危険な精神状態だ。あと一押しで砕ける。

「とりあえずやるか」

大剣を担いでずいずいと進んでいくアリアンテの足にわしは必死でしがみつく。

「ダメじゃ！　ダメじゃよ！　あれを手にかけるのはあんまりじゃよ！」

「しかし、ドラゴンと手合わせできる機会なんて稀《まれ》だしな……」

「百歩譲ってその主張を認めるとしても、今のあれと戦うことが『手合わせ』になるとは思えんのじゃけど」

「そうか？」

話が通じていない。

聖女様は「いけいけやっちゃえ」と檄《げき》を飛ばしている。レーコは「温情を無駄にするとは愚かな……」とゴミを見るような眼《め》をしている。この場には非道しかいない。

わしの制止も虚《むな》しく、アリアンテは銀竜に向かって平然と突き進む。

「俺は……誇り高き風の暴竜……心までは屈さぬ……」

「銀のドラゴンよ。問うが、私と戦うつもりはあるか？」

銀竜の眼前でアリアンテは大剣を正面に構えた。わしを相手にしたときの非殺傷の剣ではない。鉄すら両断しそうな厚刃のそれである。

戦意はあるまい、とわしは思う。

あんな状態で戦おうとする方がどうかしている。どう見たって錯乱状態ではないか。

そのとき、動きがあった。

銀のドラゴンが右腕を振りかぶって、その大爪をアリアンテに向けて一挙に叩き下ろしてきたのだ。

攻撃の風圧が砂煙を巻き上げ、同時に轟音《ごうおん》が響き渡る。

「アリアンテ！」

「来るな！」

わしの叫びにはすぐさま返事が来た。アリアンテは大剣を盾として巨爪を受け止め、竜の巨体と鍔迫《つばぜ》り合いを繰り広げていた。

拮抗《きっこう》はすぐに崩れた。アリアンテが大剣を回転させるようにして捌《さば》き、大爪の軌道を地に逸《そ》らす。そこから大きくバックステップで距離を置き、中距離で相対する姿勢となった。

「やはりな。まだ全然元気なようじゃないか」

ニィと人相悪くアリアンテが笑む。その先では、銀のドラゴンの竜鱗がみるみるうちに紫色に侵食されていく。

あれは、聖女様が洗脳されていたときと同じ現象だ。

「あのドラドラとかいう駄竜。邪竜様式の無害化調教を受けて舞い戻って来られるはずがないと思っていたが……そういうカラクリだったたか」

わしの背でレーコが感心したように呟く。わし式の調教とかいうまるで心当たりのないフレーズは意識から一秒でシャットアウトする。

乗っ取られた銀のドラゴンの口から、反響するように異質な声が漏れ出る。

『我があの程度で滅ぶと思ったか。あんなものはいくらでも生み出せる分体に過ぎぬ。まったく侮られたものだな』

「ああ、私もおかしいとは思っていたよ。魔王軍の幹部にしてはあまりに手緩《てぬる》いのではないか、とな。――私の名はアリアンテ・ソルド・シルヴィエ。卑劣なる宿木のごとき魔物よ。貴様の名を聞かせてもらえるか？」

『聞いて何の意味がある？』

「墓標くらいは立ててやろうと思ってな」

くはは、と嚙《か》み殺《ころ》したような笑いが返ってくる。

『人間如《ごと》きがこの我を殺すとほざくか。我は人の心の闇そのもの。闇を消すことはいかな聖人にも能《あた》わぬ。それを承知の上で我に挑むか？』

「あまり細かい道徳哲学を考えるのは好きじゃない。斬り伏せればそれで終《しま》いだろう」

『は。いいだろう。愚者にこそ我が名を知るはふさわしい。【虚《ウツロ》】――この名に貴様の生の虚空を悟り、ここに散れ』

わしの背中でレーコが膝をうずうずと動かしている。

「なんだかじれったいですね。軽くぶっ飛ばしていいでしょうか？」

「ダメよ。今お主が出てったら、あの銀のドラゴンさんごと殺しちゃいそうだから」

「いけないのですか？」

「わしにも罪悪感というものがある」

呑気《のんき》に話していると、突然の烈風がこちらを襲った。紫に体表を染めた銀竜が対の翼をはためかせ、周囲の風を支配下に置いているのだ。

『人の身でこれは受けきれまい』

陰湿な嘲りとともに、攻撃が放たれた。両翼から放たれる暴風、そして口から放たれた吐息は混じりあって一本の竜巻となり、目視が可能なほどの密度をもった風の槍《やり》としてアリアンテに襲い掛かる。

「ならば」

その射線を遮るものがあった。突如として空中に出現した水の盾である。はっとしてわしが背後を向くと、聖女様も両手をかざして臨戦態勢だった。

「人ではない者の加護を借りればいいだけの話――守りは頼むぞ聖女様」

魔力同士の衝突に火花のごとき閃光《せんこう》が弾《はじ》け、盾が飛沫《しぶき》と散る。が、威力を落とした竜巻はアリアンテの一薙《な》ぎでそよ風になり果てた。

神速ともいえる踏み込みでアリアンテは敵の間合いに入り込んだ。完全に意表を突かれた銀竜に一太刀を浴びせる。

硬質な衝突音。

大剣は翼に命中していた。しかし、翼にまで侵食した紫色の魔力が、その刃を受け止めている。多少の裂け目が入って無傷とはいえないが、大幅にダメージを軽減されている。

『貴様……騎士のくせに不意で仲間を使うか……』

「騎士道というのは自分が有利な場面を作る方便に過ぎん。勝てばそれでいい。この調子でサポートは任せたぞ、聖女様」

「もっちろん！　数的優位は我にあり！」

どちらが悪役か分かったものではない。防御役を聖女様、攻撃役をアリアンテが担い、即興コンビのくせに実に上手《うま》く立ち回っている。いつこんな打ち合わせをしたのか。

銀のドラゴンを乗っ取った虚という魔物も負けてはいない。

圧倒的な魔力を背景にした攻撃力と防御力は脅威の一言であり、二人のコンビネーションを前にしてもさしたる痛打を浴びていない。

「大丈夫っ！　お祭りが続いてる限りわたしの魔力も無尽蔵だからっ！」

「私もスタミナには自信がある」

二人も持久戦を悟った構えだ。勝負の行方《ゆくえ》はまだまったく見えない――が。

わしの背中でにわかに貧乏ゆすりの揺れが強まり始める。

「遅い……」

震源は、戦況に愚痴を漏らすレーコである。

「レーコ？　もしかしてイライラしとる？」

「イライラというほどではないのですが……このままだと決着に十八時間と三十分ほどか

かります。一応、あの女騎士と水魔が勝つ見込みではありますが、呑気に待っているのは退屈ではありませんか」

　既にそこまでの展開が読めたというのか。ほとんど未来予知じみた戦局眼だ。

「ちなみに私に一発だけ許可をいただければ一瞬で終わります。あくまで『ちなみに』の話ですが。奴らに任せるという邪竜様の決定に異を唱えているわけではありません。決して」

「すごく自己主張してるよね」

「とんでもありません。あくまで参考に申し上げたまでです」

　ガクガクガクガク、と貧乏ゆすりがエスカレートしていく。心なしか邪悪な魔力の気配まで漏れてきている気がする。

「……ええよ。でも、祭りが中止にならんように、威力は調整してね。あと銀のドラゴンさんも無事に済むように。それを守るなら一発だけ許す」

「承知」

　レーコが返答をよこすのとほぼ同時に、ドラゴンが強烈な拳を浴びて地面にめり込んだ。放ったのは、いつの間にかドラゴンの頭上（だった場所）にジャンプしていたレーコだ。

　片づけた後は「すたっ」と着地。

　半分埋没した顔面で、銀のドラゴンは「違う……俺がドラドラ……」と、正気（？）に戻っている様子を見せた。憑《と》りついていたのはまた分体で、今の一撃で消滅したのだろうか。

　が、違った。

『こうも容易《たやす》く手を出してくれるとは。まんまと引っかかったな。才ある娘よ』

　とんでもない事態になっていた。虚の存在を示す紫色の光が、ドラゴンを殴ったレーコの左腕に絡みついていたのだ。

　レーコがゴミでも払うように腕を叩くが、そのくらいで落ちるものではない。

『無駄だ。我に一切の物理的干渉は通じぬ。迂闊《うかつ》に触れたのが運の尽きだ。当初より我の狙いは貴様の身体《からだ》――先に送った分体は妙なトカゲに浄化されたが、有用な情報もよこしてくれた。貴様という才ある人間の存在だ』

「人間？　何のことを言っている？　私は邪竜様の眷属《けんぞく》だ」

『そう思っているようだな。否定はするまい。我はその力が奪えればそれでいい』

　ぎゅるり、と蛇のように光がうねってレーコの身の内に入って行こうとする。

「やめておけ虚とやら！　今すぐ銀のドラゴンに戻って私たちと尋常にやり合った方が後腐れなく死ねるぞ！」

　アリアンテが決死の形相でストップをかける。聖女様も頷きでそれに続く。わしも倣う。

「そうじゃ！　その子を侮ってはいかん！　たぶん下手に乗り移ろうなんてしたらお主の

方が闇の奔流とかいうのに呑《の》まれて死んでしまうぞ！」

『えっ、我の方が心配される流れなのか今……？　普通、この娘の身を案じるものじゃないか……？』

レーコの利き腕の左腕から発せられる声は、明らかに動揺している。わしは声を振り絞って訴える。

「やめるんじゃ！　わしの見立てではお主は『とんでもなく強い魔物』に過ぎん。その子は……もっとよく分からなくて得体の知れない何かじゃ！　たとえ魔物であろうと誰だろうと、これ以上被害者が増えるのは忍びない……！」

「そうだ。邪竜様もああ仰《おつしや》っておられる。戻らねば私の闇の奔流が貴様を襲《おそ》うぞ」

『え、何この状況。我に主導権はないの？』

痒《かゆ》そうに腕を掻《か》くレーコも執行猶予とばかりの台詞《せりふ》で余裕顔。

『い、いや！　騙《だま》されるものか！　どうせさっきの騎士がやったみたいな騙し討ちに決まっている！　ここまで良質な宿主なんて二度と手に入らん！　口車に乗ってうかうかと手放してなるものか！　ここでこの娘を手にし、我は魔王にも匹敵する力を手に入れるのだ！　さあ小娘、貴様の心をいただ――んぐぁあああっ！』

予想通りの悲鳴が上がり、外野三人は静かに瞑目《めいもく》した。

『闇の！　闇の奔流に呑まれるうぅう！　圧倒的な闇がああぁああ！』

だから言わんこっちゃない。

一方のレーコはウキウキして両拳を握っている。

「邪竜様が先んじてこいつの倒し方の手本を見せてくれたおかげです。こんな感じで解放した闇に呑《の》み込んでしまえばいいんですよね？」

「そうじゃね。わしも己の闇を解放して倒したといえなくもないね」

救えなかった涙を拭いながら、わしは力なく応じた。

『ふっ、ふざけるなこのクソ雑魚トカゲぇ！　ありえん……！　ありえんぞ！　此度《こたび》は万全を期すため分体ではなく本体で赴いたのだ……！　分体と違って隙などない。邪気がなくとも生存できるし、強大な魔物だろうと容易く乗っ取れる。それが、それが何だこの状況は！　この娘は魔王か何かか！』

声だけだというのに地団太を踏むような気配すら伝わってくる。

『説明しろ貴様らぁ！　何なのだ！　お願いだから説明してくれぇ……。一体何なんだというのだ、この娘の異様に大きい闇は……！　しかも特に根拠のない絶妙にフワっとした感じの闇は……！』

「わしもね。ずっと気になってるんだけどね」

『しらばっくれるな！　なんかこう……あるだろ！　これだけの闇を抱えるようになった壮大な過去とか！』

「うん……」

わしは深く深く頷《うなず》く。申し訳なさと多大なる共感を胸に秘めて。

『おい娘ぇ！　なんとか言ってみろ！　我とて魔物ゆえ強者との戦いで散るのは覚悟しているが、こんなのは断じて納得できん！　貴様、いったいどこでこれだけの業を重ねた⁉』

もったいぶった感じでレーコは薄く笑む。

「そうか。そんなに私の闇の源泉が知りたいか。ならば教えてやろう。私の闇の深淵《しんえん》を。過去に犯した許されざる罪――カルマの源泉を」

レーコは人でも殺してきたかのような邪悪な薄笑いを浮かべて、こう言い放った。

「ライオットが私を屋敷から放逐しようとすることに怒りを抑えきれず、朝食のスープに奴の嫌いな緑豆をたらふく混ぜてやったことがあります」

『こいつもか！　こいつもこんな感じか！　畜生が！　だからそういうのはやめろと言って――あっ』

糸がぷつりと切れたように虚の声は途絶え、レーコにまとわりついていた紫色の光は跡形もなく消え去った。

わしは彼の冥福のため、せめてもの祈りを捧《ささ》げた。

「申し訳ありません邪竜様。私としたことが魔物の挑発に乗ってしまい、つい醜態を晒《さら》してしまいました。人間時代のこととはいえ――主の家の子弟に無礼を働くとは、誇りある奴隷として失格の行いでした。後悔はしていませんが」

「いいんじゃないかの。好き嫌いを治してやるのはいいことじゃと思うよ」

「それはそれで複雑です」

ライオットのためになったと思うのも癪《しゃく》なのだろう。首を斜めにして怪訝《けげん》顔だった。

「ま、これでこの町を狙ってた魔物も退治できたし一件落着なのかの？」

「まだこいつが残ってますが」

「彼は放っておいたら森に帰るじゃろうて。お願いだからもう手出ししないであげて」

レーコはツンツンと木の棒で銀のドラゴンをつついている。精神的と肉体的な疲労のせいか、虚が抜けた今も気を失ったままだ。

「んじゃ帰ってみんなで祭りでも楽しまんかの？　弔いがてら」

「それなのですが、邪竜様」

と、レーコが軽い相談でもするような感じで切り出した。

「ん？　どうかした？」

「敵を倒したところで、少しばかり相談したいことがありまして」

「うん、なんじゃの」

レーコがこうも改まって相談とは珍しい。普段は勝手にグイグイと話を進めていくのに。

敵もいなくなって別に急ぐ用事もないし、せっかくだから親身になってやりたい。

「実に些細《ささい》な問題であるため、こうしてお時間をいただくのも恐縮なのですが」

「いやいや。遠慮なんかせんでええよ」

「ありがとうございます。それでは手短に申し上げたいと思います」

レーコが落ち着いて頷くと同時、ぴしりと何かがヒビ割れる音がした。

音源を辿《たど》って見れば、レーコの真下の地面が、裸足《はだし》の触れた位置から蜘蛛《くも》の巣めいた亀裂を生じさせている。

地割れ？

「レーコ。なんかそこ危なくないかの？　移動した方がいいんじゃない？」

「大丈夫です邪竜様」

いつもの黒い翼を背中に広げて、レーコは少しばかり足を浮かせる。呆《あき》れかけたわしの耳に、今度はゴロゴロと鳴る雷の音が入ってきた。

上空を仰げば、いつの間にか茜《あかね》空を覆って暗雲が集まりつつあった。生き物のようにとぐろを巻く漆黒の雲が、じわりと夕空を食い潰そうとしている。

天候の急変を一切気に掛けることなく、レーコは淡々と言葉を続けていく。

「御存知《ごぞんじ》のとおり私は邪竜様から莫大《ばくだい》な力をいただいているわけですが――さきほど、魔物を消し去るために私が心の闇を解放したことはご覧になりましたね？」

「あれで闇なのね。うん、それで？」

わしは空模様を案じながら平然と相槌《あいづち》を打つ。場合によっては一旦町に戻らないと、夕立が降って来るかもしれない。

そう思ったときだった。

いきなり天から稲妻が走り、レーコのすぐ背後で光瀑《こうばく》となって炸裂《さくれつ》した。

「おわぁっ⁉」

落雷の衝撃に半ば吹っ飛ぶようにしてわしは後退する。だが、レーコはまったく動じていなかった。一瞬の逆光で黒く染まる表情の中で、蒼《あお》い双眸《そうぼう》をじっとこちらに向けていた。

「れ、レーコ。宿屋に戻らんかの？　こりゃ本格的に降ってきそうじゃ」

「大丈夫です邪竜様——これは、私がやっていることですので」

「へ？」

日常会話の延長のごとく、あまりにも平穏な感じで言ったので、あまり内容が咀嚼《そしゃく》できない。

「私は先ほど心の闇を解放しました。それゆえ、その闇が邪竜様の力と共鳴し、いつも以上に増幅されています。未熟な私では独力で制御することが叶《かな》いそうにありません」

レーコの目が、光彩のなきまでに蒼く染まっていく。

「ですので、お手数ではありますが、邪竜様のお力で私を鎮めていただけないでしょうか」

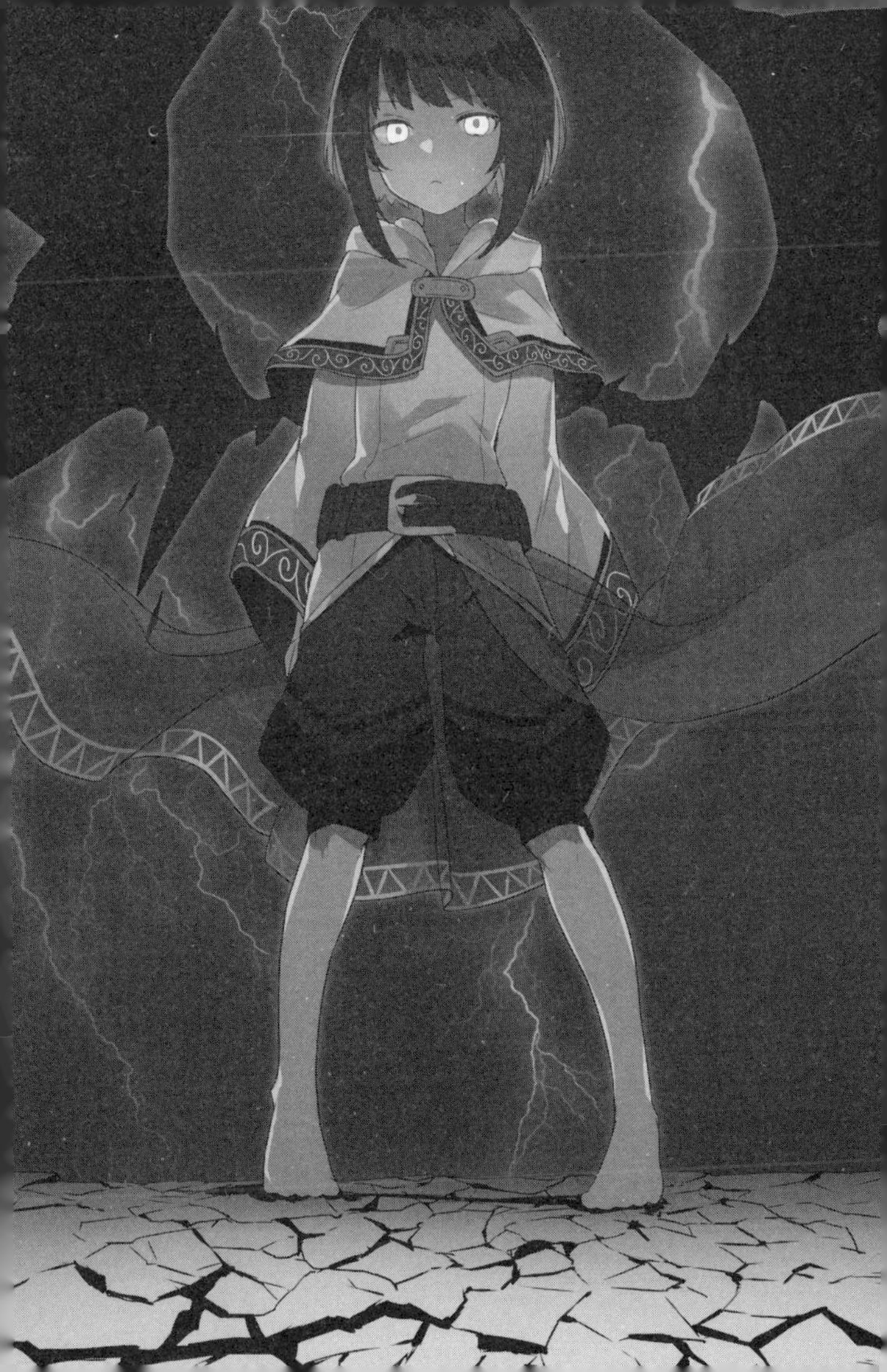

「逃げろ！」

突っ立っていたわしの身をアリアンテが咄嗟《とっさ》に突き飛ばした。

ほぼ同時。レーコの口から光線のごとく蒼炎が噴き出され、聖女様の結界をいともたやすく突破し、泥に埋もれた麦畑の一角を丸ごと蒸発させた。


——なにこれ？


突き飛ばされた勢いでゴロゴロと地面に転がったわしは、消し飛んだ麦畑を呆然《ほうぜん》と眺める。蒼炎に舐《な》められた大地は、焦土どころか丸ごと抉《えぐ》れて地割れのようになっている。

しかも、炎が放たれた軌道上は地の果てまで続く地割れと化している。掠《かす》める程度の角度だったから麦畑だけで済んだが、町の中心部にレーコが向いていたら、今頃このセーレンの住人は全滅していただろう。

「れ、レーコ!?　ダメじゃろうこんな危ないことしたら！」

「無駄だ、レーヴェンディア。失策だった。まさかあんな下らないことがきっかけで暴走するとは……」

鎧《よろい》に付いた土埃《つちぼこり》を払ってアリアンテが立ち上がる。その視線は、背中の黒翼を羽ばたかせて宙に舞い上がるレーコを見据えている。

普段と様相が異なっているのは、もはや目の光彩だけではなかった。手足や顔の肌には鱗《うろこ》を模したような黒色の紋様が影のごとく走り、わずかに開いた口には牙のように鋭利な歯が見える。あんな凄《すさ》まじい八重歯はなかった。

わしは腰を抜かしてその場にへたりこんだ。

「うう。あの子ったら、とうとうやってしまったわい……。わしは人類の皆さまにどう詫《わ》びたらいいんじゃろうか……」

間違いない。あれがアリアンテが危惧していた「レーコが真の邪竜と化す」という最悪の事態の顕現である。

わしは嘆く。こんな形で世界を滅びに導いてしまうなら、最初にレーコが洞窟に来たとき誤解のないようちゃんと説明しておけばよかった。

そうしておけばこんな悲劇は――いや、よく考えたら十分説明していた。そうした上でこんな結末になっている。

本当にどうすりゃよかったのだろう、わし。

「のんびりしているな！　次に備えろ！」

わしのケツを蹴り飛ばしてアリアンテが叱咤《しった》する。

「そ、そうじゃな。とりあえず今は逃げ――」

しかし、目の前の地中から「ぶしゃー」と間欠泉のごとき水が湧いてきて人型となり、わしの首元にがっしりと抱き付いた。水の化身たる聖女様である。

「ダメですよぉ――っ！　そんなことしてる間にこの町が消えちゃうじゃないですかぁ！　さっきの見ましたよね!?　あんなのがもう一発撃たれたらお終いですよ！」

そのままがくがくとわしの頭を揺する。

「どうにかしてください！　どうにかしてください！　お願いしますトカゲさん！」

「落ちっ、聖女様っ、落ち着いてっ」

宥《なだ》めるなり、手を離した聖女様は膝から崩れ落ちて顔を手で覆う。すっかり情緒不安定になっている。

「うう……まさかレーコ様があんな風になってしまうなんて。こんなことなら祭りに飛び込んで正体を明かして思う存分チヤホヤされておけばよかったよう……」

「そんな俗なことを言う人は聖女様って認められんのじゃないかの」

むしろ逆に怒られそうだ。

と、さすがに町の人々も今の炎で異変に気付いたのだろう。祭囃子《まつりばやし》がすっかり聞こえなくなり、遠くから混乱のどよめきが聞いて取れる。背後を見れば、馬を走らせてこちらに向かってくる番兵の集団がいた。

「どうされたのですアリアンテ殿！　今の攻撃はいったい――」

問いかけた番兵たちの動きは、宙に浮かぶレーコを見て完全に止まった。悪名高き邪竜の眷属《けんぞく》が禍々しい紋様を肌に浮かべて、これまたおぞましい黒翼をはためかせている。そして口の端からは豪炎の残滓《ざんし》たる煙を流している。

「撤退！」

見事なまでのとんぼ返り。口々に「大丈夫だ！　俺たちには聖女様がいる！」と叫びながら町に逃げ込んでいく。当の聖女様は、わしの足元でガタガタと震えている。

「く。なんということじゃ。こうなればアリアンテ、もうお主だけが頼り――」

がっしゃがっしゃと鎧と大剣を鳴らして、アリアンテは既に遠くの地平に走っていた。

「何をしとるのお主ってばぁ――――っ！」

わし史上最速で足が動いた。アリアンテの前に回り込んで、思いの丈をぶちまける。

「え。だって、さっきお前が逃げようって提案したし」

「言ったけどね！　わしが言ったけど、お主はもっとこう……頑張れない？」

「敗北しか見えない相手に頑張るのは見栄を張った自殺だぞ」

「それはそうだけどさ……」

「だが、力不足は詫《わ》びよう。すまない」

「そういうシリアスな態度で謝るのやめて。いよいよ深刻な感じになるから」

「いや、実際どうしようもないぞあれは。あれが魔王と言われても驚かんくらいだ」

魔王の看板が安い。この世が魔王だらけになってしまう勢いで安い。

「それに現実的に考えると、この町を見捨ててでも事後の対策を練らねばならんからな。早急にペリュドーナに戻って討伐隊を編成する。このまま力を使い尽くして元に戻ってくれれば御の字としても、最悪あのまま邪竜の魔力に取り込まれる可能性もあるからな」

討伐隊。それでは本当に魔物の扱いではないか。

それにしても、とアリアンテは繋《つな》ぐ。

「一撃目の後は妙に静かだな。意外と自制心がまだ残っているのか？」

「え？　本当？　レーコ偉いっ。負けずに頑張っとるのね」

音もなく空中に浮遊したまま、レーコはじぃっと地上を見下ろしている。そしてよく見れば、パクパクと口を動かしていた。

わしに聞こえる距離ではない。

だが、アリアンテが唇の動きを読み取って、断片的にこう伝えた。

「聖女。水魔。滅する。許せない。野菜クズ。ペット呼ばわり。この恨み晴らさで。八つ裂き。火炙《ひあぶ》り。いかなる刑を。こういった感じの言葉を繰り返している」

なんということだろう。聖女様の今までの自爆行為が回り回って、処刑法の長考という時間稼ぎの利に繋がっていたのだ。自己犠牲をもってしてでも町を守ろうとするなんて、まさに守り神様の鑑《かがみ》である。

でもなぜだろう、わしの涙が止まらない。

この会話を聞きつけた聖女様は、駆け寄って来てがっちりとわしの脚に摑まった。

「あの。聖女様？　できれば足を放してくれんかの？　このままだと逃げられんから」

「ダメです！　わたしを置いていかないでください！」

「いい、聖女様？　人生、悲観的になってはいかんよ。どんな状況でも必ず希望はあるんじゃ。だからその腕を放して、互いに別々の道に歩み出さねばならんのじゃ」

「逆方向に逃げるっていうことですか⁉　ダメです死ぬときは道連れです！　嫌ならレーコ様をなんとかしてってばあ！」

アリアンテはわしらの押し問答をよそに、ちょっと離れたところで大剣で塹壕《ざんごう》を掘っていた。一人だけ生き延びるつもりか。

わしと聖女様は目を合わせて頷《うなず》き合い、塹壕に走って行く。

「うわ！　こっちに来るな！」

「お主一人だけ生き延びようなんてズルいことはさせんぞ！」

「わたしたち仲間ですもんね！」

醜い争いが勃発した。命の危機に際し、わしの悪心もやや肥大してきている。

そんな浮世の醜さに憤るかのように、レーコが咆哮《ほうこう》を響かせた。わしらが悠長に驚いている暇もなく、さきほど町の一角を蒸発させた灼熱《しゃくねつ》の炎が視界を真っ蒼に染め上げる。

聖女様が水の盾を浮かべる。アリアンテが大剣を振って風の斬撃を放つ。そのどちらも無駄な努力といわんばかりに、炎は一切を撥《は》ねのける。

わしには何もできることがない。

しかし、二人よりも一歩前に踏み出して、

「やめんか！　レーコ！」

ただ叫んだ。業火の前に音すらも蒸発していく。

猛り狂う炎がわしの身を包む。痛みも熱さもない。灼熱は意外にも優しい死をもたらして——

「ありゃ」

ぷるぷると身を振って顔を上げる。レーコの放った炎は影も形もなく、地に焼け跡一つ残していない。背後のアリアンテと聖女様も無事だ。

「え？　何が起きたの？　もしかしてレーコが寸止めにしてくれたの？」

「いいや、あの娘は最後まで攻撃を止めなかった」

即座に否定したのはアリアンテだ。剣を鞘《さや》に納めて、かつてなく真剣な眼差しでわしを見据えている。

「じゃあどうして」

「お前のおかげだ、希望が見えたぞ。レーヴェンディア」

「大手柄ですよトカゲさん！」

言うなり、アリアンテはわしの尻尾をがっちりと両手で掴《つか》んだ。

「あの、いいかの？　大手柄って何？　そしてなんでわしの尻尾を掴むの？　嫌な予感しかしないんじゃけど」

「よく聞け。あの娘の攻撃は、お前に触れるなり完全に消滅した。これが意味することが分かるな？」

「分からない。分からないよ、わし」

いよいよレーコも本格的に牙を剝《む》き始める。鱗の紋様に覆われた腕に剣のごとき竜爪が生え揃《そろ》い、敵とみなしたわしらに向けて大きく振るう。

初めの村で狼《おおかみ》を一掃したとき以上の光の斬撃が、五指の形でわしらに襲《おそ》い掛かる。

「歯を食いしばれ！」

アリアンテが叫ぶとともに、わしの身体《からだ》が円運動をもって宙に浮く。

「はぁっ！」

斬撃を迎え撃ってわしの身がぶつけられる。いなや、ガラスを砕くような高音が響き、光の斬撃は粉々に散って無力化される。

「こういうことだ――あの娘の攻撃は、お前にだけは効かんのだ。主であり、力を与えてくれた大元である『邪竜様』にはな」

「んぎゃああ――――っ!!」

説明してくれるが、それどころではない。

半円を描いたスイングの終着点は残酷なる地面である。ヤスリのごとく全身をガリガリと削られながら、地面との摩擦でわしの旋回はようやく停止する。

わしは痛みに蹲《うずくま》って、

「うう……いかん、これはいかんよアリアンテ。鎖鉄球じゃないいんじゃから。振られるたびにこんな扱いではわしの身がもたんよ。尻尾も絶対ちぎれるって。――だから何の躊《ちゅう》躇《ちょ》もなくまた尻尾握り直すの本当にやめて」

「頑張れ。負けるな。お前こそ真の邪竜だ」

「声援が雑すぎないお主？　あとわし邪竜になんてなりたくないし」

打開策の出現と同時に早くも心が折れそうなわしだったが、なぜか数呼吸のうちにみるみる痛みが引いていく。

よく見れば、アリアンテの手が淡く光っていた。

「あ、お主」

「私はこう見えて魔導士が本職でな。まして道場を預かる身。弟子の心臓を強制再起動させる術すら必須技能だ。この程度の回復魔法は使えて当然」

なお、このときわしは妙な寒気を覚えた。

本来は優しく神聖なはずの回復魔法に、邪悪な用途の気配を感じたからである。

「さあ、これで尻尾は千切れないしスイング後に地面と激突しても問題ないな」

邪悪さの正体が一瞬で露見した。まさに無間地獄である。それにしても、痛めつけと回復を抱き合わせにする手法にまるで迷いがない。これは相当手慣れている。ライオットは無事だろうか。

「行くぞ！」

「待ってまだ心の準備ぎゃあああぁ――っ！」

アリアンテが駆けだす。わしは背中を地に削りながら引きずられる。

レーコから雨あられと降り注ぐ斬撃を返す刀で弾《はじ》きつつ、アリアンテは叫ぶ。

「私がお前をあの娘のところまで運ぶ！　隙を見て飛びつけ！　お前が貼り付けば魔力を押さえこめるはずだ！」

「れ、レーコは空を飛んどるんじゃけど？」

「知っている！」

知っているアリアンテは最善手を取った。ぶん回したわしを、レーコに向けて思い切り投擲《とうてき》したのだ。

「あああぁあっ⁉」

高速でわしが宙に舞う。

レーコが迎撃に放つ炎や斬撃はすべて霧と消えていく。

動転しながらも、レーコが間近に迫る。手を伸ばして抱き付こうとして――

風圧。

直接の魔力攻撃は防げても、黒翼が生み出す風の壁は無効化できない。今の小さなわしの体軀《たいく》は軽々と押し返されて、真っ逆さまに地へと落ちていく。

「いけないっ！」

落下点に水たまりを出現させて、わしを受け止めてくれたのは聖女様だ。咳込《せきこ》んで水を噴き出しつつ地上に這《は》い上《あ》がると、アリアンテもすぐさま駆け寄って来る。

「くそ、やはり風までは防げんか。ここはやはり聖女様を囮《おとり》にして、その隙に背後からお前をぶつけるしかないな」

「嫌ですよぉっ！」

「そんな鬼畜の発想はやめて」

「そうは言うが、四の五のごねている場合ではないぞ。見ろ」

空中のレーコの様子がおかしかった。隙だらけのわしらに攻撃もせず、ただ獣のように唸《うな》っている。

いや、それだけではない。

目を凝らして分かった。翼がじわじわと広がっているのだ。さらに素肌を覆う紋様はいつしか本物の爪鱗となって、白かった細腕を手甲のごとき様へと変貌させている。

「元に戻るどころか、ますます竜に近づいている。多少の犠牲を払ってでもここで倒さねば、手遅れになるぞ」

「あの子ったら本当にもう……」

眷属《けんぞく》を名乗るにも、まさか本当に邪竜になってしまうことはないだろうに。

わしは長いため息をついた。そして静かにアリアンテに顔を向ける。

「のうアリアンテ。お主、元のサイズのわしを吹っ飛ばしたことがあるじゃろ。投げることもできるかの」

「できんことはないが、お前の薬が切れるまではまだ時間があるだろう」

「いんや。聖女様が協力してくれれば元の大きさに戻れるアテがあるのよ。いつもの身体なら、ちょっとは風にも耐えられるかもしれん」

きょとんとした顔でアリアンテがわしを見た。

「なんじゃの。珍しいものでも見る顔して」

「どうした。いや、協力的なのはいいんだが、お前らしくないと思ってな」

「あの感じだと、遅くなればなるほどレーコは本物のドラゴンになってしまうんじゃろ？　そんなのは放っておけんからの」

「理屈でいえばもっともなんだが——どうした？　らしくないぞ？　頭でも打ったのか？」

失敬な。言っておくがわしだって好きでこんなことを言っているのではない。怯えきっているし、一生分の勇気を振り搾ってようやくの発言である。

本来なら、それだけ振り搾っても到底足りるまいが――

「最初にあの子が町の隅っこだけしか焼かなかったのも、こうしてわしら相手に攻めあぐねてるのも、やっぱりどこかで正気が残ってるからだと思うのよ。んで、極めつけにわしには攻撃が効かんじゃろ？　ああなっても、やっぱりレーコはレーコじゃよ」

そう思ったとき、怖さが一気に薄れたのだ。

わしは精一杯頑張ればイノシシとタイマンを張ることができる。今のわしが感じるプレッシャーは、せいぜいその程度にまで落ちていた。

「薄い根拠だな」

「ええじゃろ。それでどうにかやる気が出せたんじゃから」

「ああ、それはそれでいいと思うぞ。私にはもう凶悪な魔物としか見えんが――そうか、お前にはまだそう見えるんだな」

アリアンテは力強い表情で笑んだ。

「聞いたな聖女！　レーヴェンディアの体軀を元に戻せ！　イチかバチかでいくぞ！」

「はいっ！」

聖女様が力を吸収する水をわしの身に纏《まと》わせ、薬の魔力を失わせにかかる。

だが、レーコも静観しているわけではない。爪を伸ばして翼をはためかせ、まるで草でも刈るように低空でわしらの首を狙いに来る。

「邪魔はさせん！」

大剣を抜いて軌道に立ちはだかるのはアリアンテだ。レーコの両腕での斬撃と、アリアンテの渾身《こんしん》の振り下ろしが閃光《せんこう》となって戦場に弾ける。

「く……！」

後退の砂煙を踵《かかと》に巻き上げてアリアンテが押され込む。稼げたのは一秒。続く爪の二撃目はいなせない――そのとき。

まったく無警戒だったレーコの頭上から、強烈な風のブレスが直撃した。

さしたるダメージにはならない。だが、追撃を放とうとしていた姿勢は崩れる。

「舞台は整った」

いったい誰が。その疑問に答える者は、全員の仰ぐ視線を受けて堂々と大空に威風をたなびかせている。

「今こそ再戦といこうではないか小娘！　貴様より甘んじて受けし俺の名はドラドラ！ここにて勝利し、真なる名を取り戻さんことを――んがっ！」

横槍《よこやり》がよほど腹に据え兼ねたのだろう。レーコはアリアンテそっちのけで銀のドラゴンに飛び掛かり、ボコスカと拳でタコ殴りにし始めた。

あえなく銀竜は墜落していく。

が、おかげで時間は稼げた。聖女様が親指を立て、わしの元に舞い戻ったアリアンテが尻尾を摑む。三位一体の砲台の姿勢。

「頼むぞレーヴェンディア。眷属の躾《しつけ》は主の責だ」

ふわりとわしの身体が遠心力で宙に浮く。聖女様が最後の一息を念じる。

異変を察知したレーコの口から、今度は狙いを違《たが》わぬ必殺の蒼炎《そうえん》が放たれた。軌道上にわしらと、町の中心部とを捉えて。

信じてくれているのだ。

わしなら――邪竜レーヴェンディアならきっと止める、と。

ひやりとした水の感触が引き、巨大な身体感覚が引き戻る。尻尾にかかる負荷も莫大《ばくだい》となり、アリアンテが歯をくいしばる音が聞こえる。

「行けぇ！」

ギリギリまで引き付けた蒼炎の渦に、わしの巨体が真っ向から撃ち込まれる。風の抵抗も熱の痛みもなく、ただ霧散していく光だけがそこにはある。

天上。

炎を突き抜けた先にわしが見たのは、すぐ眼前に翼を広げるレーコの姿だった。

「邪……竜様」

レーコは一瞬だけ正気の色を見せたが、暴走は止まらない。炎が効かぬわしに対して、黒翼での暴風を打ち付けてくる。アリアンテの投擲の勢いはみるみるうちに衰え、レーコの影は遠ざかっていく。

顔面が変形するほどの圧を受けながら、必死にわしは叫んだ。

「こりゃあ！　わしが分からんか！」

ぴたっ、と。ほんのわずかだけ、翼の動きが完全に止まった。

わしは場違いに笑む。レーコは頑張っている。ならば、このチャンスでわしが頑張らぬわけにはいかない。

わしの爪が黒く染まる。片腕の四本だけではなく、両腕の合計八指が。

「レーコを――摑まえとくれ！」

敵を切り裂く爪ではない。ナマクラもいいところな鈍い爪が八本、勢いよく伸びて――

翼ごと抱き留めたレーコを、わしの懐に引き寄せた。

「――ウン。モウ、ダイジョウブ……カナ？」

同刻。遠い平原の地下遺跡の中。洞窟の天井を見透かして空を仰ぐ狩神は、人知れずそう呟《つぶや》いた。

エピローグ　そして被害者がまた一人

白一色の空間に、雫《しずく》がしたたる音だけが響いている。

着地点に聖女様が創り出した泉は、わしとレーコを隔離空間に送り込んでくれた。

「のうレーコ。わしが分かるかの？」

「……はい。邪竜様」

わしは安堵《あんど》の息をつく。僅かに水の張った床に寝かせたレーコの身体《からだ》を、二本の前脚でそっと挟み込んでいる。爪で引き寄せてからずっとこの姿勢を保っているが、今のところ翼も消えて肌の紋様も薄れている。

「もう大丈夫かの？　離すよ？」

わしが意思疎通の回復に気を緩めて、両手を離そうとしたときだ。

接触が離れるや再び黒鱗の紋様が肌に走り、わしは慌てて手を握り直した。

「れ、レーコ？　こりゃどういう……？」

「御前にて醜態を晒《さら》してしまい申し訳ありません。すべて私の未熟さゆえです」

どこか達観したような調子でレーコが言った。

「邪竜様の力の一部をいただけたのは、身に余るほどの光栄でありました。しかし、一介の人間に過ぎなかった私には、この力はあまりに大きすぎました。邪竜様に抑えていただかねば、もはや制御することも叶《かな》いません。こうして触れていただかねば、今にもこの身は分別のない邪悪な魔物となり果てることでしょう」

そうはいっても、今こうして侵食を押しとどめているのも実際はわしでなくレーコ自身の無意識の力である。再三のことだが、わしにそんな力はないのだ。

「あのなレーコ。軽々しく諦めてはいかんよ。頑張ってみれば意外と簡単に抑えられるかもしれんよ？」

「いえ。それよりも、私はもっといい方法を思いついたのです」

おかしなことに、悲痛な状況を語るべきこの場にあって、レーコは妙に晴れやかな表情を浮かべていた。

しかも、なんとなく見覚えのある顔を。

レーコはわしの手の中で穏やかに微笑《ほほえ》んで、いつかと全く同じ台詞《せりふ》を言った。

「どうぞこの私をお召し上がりくだ」

「却下」

ただし今回は、予測していたわしが食い気味に拒否の意思を伝えた。

言い切る前にわしが断ったので、レーコはむっと頰《ほお》を膨らませた。

「まだ全部言い切っておりません邪竜様」

「そこまで言えばもう言い切ったも同然じゃよ。あのねレーコ。何度もわし言ったでしょ？　わしは草食なんだからお主は食わんよって」

「しかし魂はお召し上がりになられるはずです。現に私は魂を食べていただいたおかげで眷属になることができました」

「そうなあ……。うん……そこはなあ……」

ひとえに軽はずみなその発言こそが、わしの受難の始まりであった。レーコに変な才能がなければ話は単純だったが、この子は天才といえるほどの才に満ちた少女だった。

だが、一概にレーコがいなければよかったなどとは思わない。

最初の村も、盗賊に攫《さら》われた人たちも、ペリュドーナの街も、聖女様（？）も。レーコがいなければどうなっていたか分からない。

わしが物思いに耽《ふけ》っている間に、レーコは抗弁の舌を回す。

「私は邪竜様の眷属としては力不足です。ですが、この短い旅路で気付いたことがあるのです。どうやら私には、ほんの少しですが自前の魔力も備わっていたようでして」

「それは知っとる」

嫌というほどに。

「さすがは邪竜様。お気づきになられていましたか。でしたら話は単純です。邪竜様が私の魂を喰《く》らっていただければ、眷属としていただいた魔力を返すだけでなく、ほんの少しばかりですが私の力を邪竜様の血肉としていただくことができます。私の身はここで果てましょうが、どうか力だけでも邪竜様の旅の供とさせてください」

「こら」

わしは指の一本だけで、軽くレーコの額を突いた。

「お主はわしの眼力を見くびっておらんか？　レーコ。この邪竜レーヴェンディア。眷属《けんぞく》の素養のない者に軽々に力を与えはせん」

「ですが――私は」

「できぬというなら、できるようになるまで気長に付き合うでな。一年でも二年でも、十年でも二十年でもええ。わしにとっては短い時間じゃからね。この手を離せばお主が暴走してしまうというなら、暴走しなくなるまでずっと持ってりゃいいだけじゃない。何をそう難しく考えとるのよお主は」

「しかし邪竜様……両手が塞がっていたら不便ではありませんか……？」

「まあ不便じゃけど、お主を持ち続けることで魔王退治の件をうやむやにできるならおほん！」

危うく漏れかけた本音を咳払《せきばら》いでごまかす。幸いレーコは聞いていなかったようだが、代わりに別のことで考え込んでいた。

「……分かりません邪竜様。私はいくらでも替えの利く眷属に過ぎないはずです。邪竜様がそこまでの労をかけてくださる理由がどこにあるのでしょうか？」

「レーコ」

名を呼びかける。なんだかんだで、数日は寝食を共にしたのだ。これで親しみの情も湧かぬほど、わしは薄情ではない。

そんなごく普通の理由ですら、『邪竜』という色眼鏡を通せば普通でなくなる。邪竜に人並みの思いやりなど不要のはずだからだ。

それでもわしは、心の底からの本音でレーコに語り掛ける。

「お主には想像も付かんじゃろうけど、わしにも幼くて弱い頃というものがあった」

「邪竜様が？　まさかそんな」

「いいから聞いとくれ。わしは嘘《うそ》はつかん。そんな弱い頃、人間たちと暮らしておった時期があってな。まあ、いい思い出も悪い思い出もあるけれど、そのときの経験からして思うんじゃ」

わしは数千年間、ほとんど一人で暮らしてきた。人間と暮らしていたときも、扱いはほとんど非常食であったり見世物の動物であったりと、あんまりロクなものではなかった。

だから――どんな誤解の上であっても、レーコのように親しく接してくれた少女のことを、こう思うのだ。

「なんだか……そう、子供や孫とでもいうのかの。そんな家族ができた気分でな。とびきり手のかかる子じゃけど、いなくなってしまったら悲しいに決まっとるじゃろ」

「悲しい？」

レーコは目を点にしている。

「何を驚いとる。わしだって人並みに嬉《うれ》しかったり悲しかったりすることはあるからね。わしはお主が死んだら悲しい。だから食べたりしない。さあ、それを分かってなお、お主はわしに『お召し上がりください』などと言うのかの？」

きょとんとした顔でわしを向きつつ、レーコはゆっくり首を傾《かし》げた。

「つまりそれは、私もドラゴンになって邪竜様の孫らしくなれという……？」

「毎度毎度すごいエッジの効いた曲解するよねお主」

「違うのですか？　お望みなら頑張って角とか生やしてみる所存ですが」

「角って頑張れば生えてきちゃうものなのかあ」

世界にはまだわしの知らないことが溢《あふ》れているらしい。どんどん常識が壊れていく。

けれど、それがおかしくなってふいにわしは笑う。

「その意気じゃよ。角が生やせるなら逆に引っ込めることもできようて。いいや、どんなことだって不可能はあるまいよ。なんせお主は、わしが見込んだ眷属なんじゃから」

「……分かりました」

レーコがわしの爪に両手を触れた。そしてそっと力を込めて、わしの手を開いていく。

「頑張ってみます。私もまだ、邪竜様と一緒にいたいですから。今から――この力を制御してご覧にいれましょう」

「うんうん。そうじゃよ、前向きが一番じゃよ。もし危なくなったらわしが止めるから安心して」

「はい。今日ばかりは、存分に甘えさせていただきます」

わしの手から離れたレーコの肌には再び鱗《うろこ》の紋様が走り、その身よりも遥《はる》かに大きな黒翼が広がる。だが、蒼《あお》い瞳の中には未《いま》だレーコの意志を宿した光彩があり、牙も伸びてはいない。

「ふふ……そうですか……。家族ですか……。邪竜様は私をそこまで大切に考えていてくださっているのですね……」

ただ、なんとなく様子がおかしい。やけにニヤニヤしている。さっきまでとは別の意味で怖い。

「レーコ？　調子はどんな感じ？」

「はい邪竜様。励ましていただいたおかげで、万事滞りなく……」

む、とそこでレーコの顔が固まった。唇を結んで、何やら考えこんでいる。

「すいません。やっぱり一人では厳しそうなので邪竜様にお手伝いいただいてよろしいでしょうか」

「本当？　なんだかわしを担ぐために変な気の遣い方しなかった？」

「気を遣うなどとんでもありません。単に私が邪竜様のかっこいいところを見たいだけです」

より悪質な本音をレーコはさらりとぶっちゃける。

途端に、だいぶ薄くなりかけていた鱗の紋様が再び漆黒のそれとなり、レーコの口元にしゃきんと牙が生えた。おまけにちょっと短い角も生えた。

そして全身からドス黒いオーラを噴出してえへんと胸を張る。

「さあ、どうぞ私を止めてください邪竜様」

「はい。これでいい？」

ぽすん、とレーコの頭に爪先で軽くお手をする。それだけで邪竜的な特徴はすべて解除された。

「んじゃ満足したかの？　そろそろ帰ろうか。もうじき夕ご飯の時間じゃよ」

「ダメです。まだ全然制御できていません」

ぶすりと頬を膨らませてレーコはわしを睨《にら》む。変化しても普通に会話が可能になっているのを見る限り、もうコントロールできているような気がするのだけれど。

「本当かの？　手を離してももう大丈夫そうじゃない？」

そう言ってわしが爪を離そうとすると、レーコはそれを引き止めるようにがっちりと両手でホールドしてきた。魔力は無効化されているはずなのになぜか力強い。

「まだ不安定ですのでしばらく手を離さないでいただけると助かります。そのまま撫《な》でていただくとさらに効果的かと思います」

「わしはもう一切の危機感を覚えとらんのじゃけど」

言われたとおりに爪先で頭を撫でると、レーコは心なしか満足げな顔を見せた。だが、それだけで終わりそうにはない。ここぞとばかりに次の要求を考えている。

「そうですね。やはり私が暴走するという形ですと、邪竜様は私の身を案じてダイナミックなアクションを控えてしまうのですね。これは由々《ゆゆ》しき問題です。それでは――私以外の者を暴走させれば、遺憾なく力を振るってくださいますか？」

「主旨がズレてきてない？　お主が暴走しなければそれでいいのよ？　なんでわざわざお主以外のものを積極的に暴走させようとする必要があるの？」

「少し待っていてください」

完全無視。邪竜モードのまま思案顔でしばし悩んだレーコは、急にはっとした顔になっ

て床の水に手を触れた。

「何をしとるの？」

「この水を媒介にして私の余剰魔力を物質化しようと思いまして」

「……どゆこと？」

「見ていてください」

レーコの掌《てのひら》から、まるで墨を流したかのように黒い水が床に広がっていく。影のごとく広がった黒色の魔力は、やがて生き物のようにうねり始め、巨大な竜の姿を象《かたど》っていく。

「ええと、レーコ。これは？」

「暴走の原因となる余剰魔力を外部に切り離したものです。いわば魔力で作った木偶《でく》人形ですね。これを処理すれば、私はいつも通りの貴方《あなた》様の眷属として復活できましょう」

「もう復活してると思うんじゃけどなあ。果たしてこのプロセスは必要なのかなあ」

そんな器用なマネができるなら、間違いなく普通に制御できる。

だらだらと冷や汗を流して黒い竜を見るわしの背に、レーコが「とん」と飛び乗って来る。もう翼も鱗紋様もすっかり消《き》え失せている。

「それにしても、スッキリしました。やはり邪竜様のお見立てに狂いはありませんでした。為せば何事も成る。私も見込まれただけのことはあります」

えっへんと、二日酔いのゲロでも吐き出しきったかのように爽快な調子で言う。

「あ、うん。ところでさ、あれを処理するって、具体的にはどういう——」

と問おうとしたわしの背中に「ばさっ」と翼が展開された。もちろん自力ではない。レーコの仕業である。

これからの展開を一瞬で予想したわしの表情が死ぬ。なりを潜めていた危機感が一斉に湧き立ち、全身から一気に血の気が引く。

「それではご助力願います。手短にあれをぶっ飛ばしましょう」

レーコの宣言とともに魔力の接続が打ち切られ、完全に独立した暴走竜が凄《すさ》まじい咆哮《ほうこう》を放った。さきほどまで地上で暴れていたレーコそのものの威圧感。

挙動一つで結界の空間を崩落させ、吐く息は世界を蒸発させるほどの高音。紛《まぎ》れもない真の邪竜の姿がそこにはあったが、

「うぎゃあああああ————————っ!!」

短剣を高々と掲げたレーコが翼を振るわせ、無慈悲かつ無自覚にわしを高速で突撃飛翔《ひしょう》させる。

アリアンテに投げられたときの比ではない。まさしく生きた砲弾扱いである。

狙い違わず暴走竜の胸部に直撃。しかしなおもスピードは緩まず、死体に鞭《むち》とばかりに

さらなる加速は続く。ブレーキはどこにもない。

そしてそのまま、豪快に結界の天井をぶち破った。

＊

半泣きのレーヴェンディアが翼を生やして、結界から飛び出して来た。

何やら巨大な新手のドラゴンに頭から突っ込んでいたようだが、地上に出てすぐそちらは霧散していった。

その光景だけで、結界の中でどんなことがあったが、なんとなく察することができた。

「相変わらず哀れだな……」

アリアンテは微笑しながら呟き、

「ああなればもう、一生逃れられんのだろうな」

眷属《けんぞく》の娘のはしゃぐがままに空を舞わされたレーヴェンディアは、長々と遊びに付き合わされて——着地したときにはもう、気絶していた。

＊

翌朝。

丸一晩眠りこけて、目覚めたら町に出入り禁止を食らっていた。

考えてみれば当然である。町の番兵の面々の前でレーコが暴走して、無人の一角とはいえ町の麦畑を焦土ともいえぬ地割れに変えてしまったのだ。

一応は起きた後、町の境界にある兵士たちの詰所に赴いてレーコの件を謝ろうとしたのだが――

「全然大丈夫ですよ俺たち気にしてないですから。だけど町が泥まみれなので邪竜様と眷属様をもてなすことはもう難しいですね。次の町に行かれてはどうでしょう」

「荷物はもうまとめてありますので」

「いやあ生きている間に本物の邪竜レーヴェンディアを見れたなんて感激です僕。すっごくレアな体験ですよね。こんな辺境の町にもう用はないでしょうし、二度と会うことはないんだろうなあ。さ、魔王討伐の旅路を急いでください」

このとおり。断固として町に入れまいとする強い意志を感じた。

それを敢《あ》えて撥《は》ねつけるほどの度胸はわしになく、小さくなる薬を飲んで詰所を後にするときには、荷物一式を背中に括《くく》り付けられていつでも旅立てる姿勢にされていた。

「それでは参りましょう邪竜様」

まだ一言も出発するとは言ってないのに、詰所の前で待っていたレーコは意気揚々とわしを迎えた。魔王討伐方面についてだけ妙に察しがいいのはやめて欲しい。もっと本当のわしの気持ちを察して欲しい。

あれだけのことがあったというのに、本人はいたって普段どおりの調子である。一方わしはまだ肉体的にも精神的にも疲労が色濃く残っている。

「ちょっと待ってレーコ。わしはまだやり残したことがあっての」

「はっ。申し訳ありません。いかなる用件でしょうか」

「ええっと……そうじゃの……」

本音は少なくともあと五十年くらいここらで草を食っていたい。

そんなことを言ってはレーコがどうなるか分からないので伏せておき、適当な時間稼ぎに思いを巡らせる。

「うん。アリアンテと聖女様に挨拶をしておかんとな。いろいろ世話になったのは間違いないし」

なぜか目覚めたときには二人ともいなかったのだ。近くにいたのはわしの背中で同じく眠りこけるレーコと、気絶したまま近くに転がっていた銀のドラゴンだけだった。

「あの女騎士なら、邪竜様がお休みになった後しばらくして、再開された祭りに呼ばれていきました。どうやら『町を襲《おそ》おうとしたとんでもなく強い魔物』を退治した功績を讃《たた》えられてだそうなのですが、いつの間にそんなものを倒したのでしょう」

お主のことである。

あれを収めたのはアリアンテの功績ということになっているらしい。まあそうだろう。わしはレーコ側の立ち位置で、下手すれば黒幕扱いかもしれない。

「そっか。でも、意外じゃの。アリアンテってそういう派手な雰囲気は苦手そうに思えたけど」

「町のフンドシ連中が数十人がかりで神輿《みこし》に乗せて連行していったのです。『聖女様の再来だ！　聖女様の再来だ！』と。女騎士は嫌がっていましたが、熱量に根負けしたようで」

「あぁ……あの人たちはちょっと手が付けられなさそうじゃもんの」

町の境界の外で、未《いま》だズンドコと鳴る打楽器の音を侘《わび》しく聞く。一晩明けてちゃっかり再開しているあたり根性がタフだ。

「祭りの主役にされてしまっては会いに行くのは難しそうじゃな。なんせ町に入れんし。じゃあ聖女様は？　水路に呼びかけたら来てくれるんじゃないかの？」

「そっちはさらに深刻です。あれをご覧ください」

レーコが指さした先には、昨日の戦闘で抉《えぐ》れた町の一角があった。深い地割れと化していたはずのそこは――たっぷりの泥で埋まって、ほとんど復活しかけていた。

「なにあれ」

レーコは無表情で頷《うなず》き、

「女騎士が『聖女様の再来だ！』と褒めそやされて祭りに連れて行かれたので、完全に拗《す》ねて出てこなくなりました。代わりに、あそこの地割れの泥が凄まじい勢いで増えていっています。きっと鬱憤をすべて泥の生産にあてているのでしょう……愚かな」

きっと逆効果で、町の住人たちは喜んでいることだろう。

「どうしますか？　必要であれば結界から引っ張り出してきますが」

「ううん。そういうことならそっとしておいてあげた方がいいかもしれんし――」

ぶしゅーっ、といきなり地面から水が湧いて、その水が聖女様の形に変貌した。そっとされたのが気に入らなかったらしく、摑《つか》みかかって窮状を訴えてくる。

「ひどいじゃないですか励ましの一つもないなんて！　何ですか!?　なんでわたしの手柄にならないんですか!?　わたしだって一生懸命頑張ったのにぃ……」

「そんなことをわしに言われても」

理由はひとえに強者のオーラがまるでないからだろう。そこそこ強いはずなのに、どこかわしと似た空気感があるのだ。

「そんなに不満なら祭りに入ってくればええんじゃないの。アリアンテならきっとお主を本物の聖女様だって説明してくれるよ」

「ええだってそんなの恥ずかしい……」

頰《ほお》を赤く染めて聖女様はきゃあきゃあと照れる。

「えっとですね、わたしは褒められたいんです。褒められたら伸びるタイプですから。でも、直接褒められると恥ずかしいから神殿とか祭りとかで間接的に褒めて欲しいんです。もちろん他の人が聖女様扱いされるなんて許せません。分かりますかこの乙女心？」

「複雑なフラストレーションを抱えとるのね。でもわしに言わないで。本当にどうしようもないから」

「そうだ、邪竜様を煩わせるな」

ドスの効いた声で言いつつも、なぜかレーコは聖女様に両手で抱きついた。

予想外にも程がある行動にわしは瞠目《どうもく》する。町に来た当初はいろいろあったが、激戦や看病を経て、ついにレーコも聖女様に友情の萌芽《ほうが》を得たというのか。そんな人間的な感情をレーコが持ってくれたなら、それだけでこの町での収穫はあったというものだ。

「え？　レーコ様？　そんな、抱きしめてわたしを励ましてくださるんですか？　真の邪竜様であるレーコ様にそこまで気を回していただけるなんて、わたしも魔物の端くれとして誇りに思います」

「——面倒くさい。ゴタゴタ言わず好きなだけ褒められてくるといい」

まるで赤子が高い高いとされるように、聖女様の身がレーコの手で持ち上げられる。

そして、祭囃子《まつりばやし》の響く町の中心部に向かってぶん投げられた。

一切の加減も容赦もない投擲《とうてき》速度。それはもう、きらりと輝く星にならんばかりの勢いで。

ややあって遠くから悲鳴が上がる。突然、人間（らしきもの）が飛来してきたのだから当然である。下手すれば新手の魔物扱いかもしれない。アリアンテが上手く弁護してくれるといいけど。

「さあ、これで挨拶も片付きましたね」

手を叩《たた》きながらレーコ。

「わしももう二度と聖女様に顔向けできない」

「そのときは私が奴の首根っこを押さえて顔を向けさせます」

「そういうところが顔向けできない最大の原因なんじゃよなあ」

わしは肩を落として、諦めて草原の果てに視線を送った。どうあれ、もうこの町で安穏と長居するという選択肢は消えてしまったらしい。

どこへ向かうあてもなく、緩やかに道へと足を踏み出す。

レーコもわしの背中に乗って、全身でべったりとしがみついてくる。

「邪竜様。これからもよろしくお願いします」

少し遠慮がなくなった感じの甘え方に、わしはわずかに苦笑する。とはいえ楽しいことばかりではない。この子にはまだこれからも盛大な気苦労をかけられてしまうのだろう。

少なくとも魔王とやらを倒すまでは、ずっと。

＊

「参ったな。あの連中ときたら、まるで人の話を聞かん」

ようやく祭りの群衆から抜け出たアリアンテは、町はずれに繋《つな》いであった愛馬に乗ってペリュドーナへの帰路を急いでいた。

本物の聖女様は別にいて活躍したと伝えたのに、誰も聞く耳を持ちはしなかった。祭りの熱狂というのはあそこまで恐ろしいものか、とアリアンテはひどく感慨深くなる。

それにしても、祭りを抜け出せたきっかけ――空から飛来した謎の物体は何だったのだろう。

あの飛来物が祭りの舞台を隕石《いんせき》のごとくぶち壊してくれたおかげで、包囲から抜け出して逃げ出す隙を見出《みいだ》せた。気配からして邪悪なものではなかったし、怪我人《けがにん》も出ていなかったようだが、妙なことになっていないか少しだけ心配だ。

まあ、いざとなれば聖女様が控えているから大丈夫とは思うが――

「……で、お前はなぜついてくるんだ？」

愛馬を走らせつつ上空を見上げる。そこには、翼を広げてこちらを追ってくる銀のドラゴンの姿があった。

「お前、ではない。ドラドラと呼べ」

「何がお前をそこまで卑屈にさせるんだ。どう見てもそんな愛らしい生き物じゃないだろう」

「そうか、聞きたいか。俺がドラドラを名乗る理由を……」

「いや別に」

アリアンテは馬に命じて一段とスピードを速めるが、自称・ドラドラも飛翔《ひしょう》を速めて平然と追ってくる。

「俺はあの娘に敗れた。完膚なきまでにな。無論、俺とて今までに敗北を喫したことはある。だが、あのような年端もいかぬ幼子に――毛ほどの抵抗も許されず負けたのは初めての体験だった」

「くそ。聞きたくもないことを喋《しゃべ》り始めたぞこいつ。おい、もっと早く走ってこいつを撒《ま》いてくれ」

発破をかけるが、馬もさすがにドラゴン相手とあって諦め気味である。言葉は交わせずとも気配で分かる。長年の愛馬だけあって、意思疎通はそれなりにできている。

「そして俺はドラドラと呼ばれた。あのとき覚えた感情は——まさに屈辱の一言だった。風の暴竜たる俺が、まるで無害なペットさながらの愛称を付けられてしまったのだ。しかも、さしたる悪意すら感じなかった。あの娘にとって、俺は皮肉でも嫌味でもなくその程度の存在でしかなかったのだろう」

「そのくらいで嘆くな。世の中にはもっと悲惨な思いをしているドラゴンだっている」

「そうか……まさかそのドラゴンもあの娘にやられたのか？」

「ある意味ではそうだ」

「ならば俺と同じじゃか。他人事とは思えんな」

ドラドラは滑空しつつ祈るように瞑目《めいもく》した。そしておもむろに目を開く。

「俺は誓ったのだ。あの屈辱を忘れまいと。いずれあの娘にも俺の真の名を呼ばせてみせようと。それが果たされる日まで、俺はドラドラを名乗ると決めたのだ」

「そうか。頑張れよ。達者でな。お前ならできるさ」

「待て」

「断る。お前面倒くさいし」

なおも追《お》い縋《すが》る銀竜にアリアンテは嫌な予感を禁じ得ない。こんな展開は前にも一度経験した気がする。

「あの娘を見返すのは簡単な話ではない。先の戦いの一部始終を見ていたが、まさかあの小さなドラゴン——本来ドラドラと呼ばれていたであろう者の正体が、かの邪竜レーヴェンディアであったとはな。俺を一方的に叩《たた》きのめした娘の暴走をあっさり収めていた。あれだけの竜を間近に感じられる者に、俺を認めさせるのは茨《いばら》の道であろう……」

「お前、意識が朦朧《もうろう》としてすごく都合のいいところしか見てなかっただろう？　本当に一部始終を見ていたら何とも言えない気分になるぞ」

実際アリアンテはそんな気分だ。だが、ドラドラは完全に自分の世界に浸っていてもはや聞いちゃいない。

「人間の戦士よ。貴様は俺よりいくらか強い。人の身にして竜族の俺を凌《しの》ぐとは、さぞ厳しい鍛錬を積んだのであろう。あいにくと俺は生まれつきこの強さだったので、鍛えて力を伸ばすという人間のやり方がよく分からんのだ。そこでだ、俺を強くしてはもらえないだろうか？」

ほら。案の定このタイプの奴だ。

頭の中に金髪の少年の顔を思い浮かべたアリアンテは、にべもなく撥《は》ねつける。

「うちは被害者の会じゃないんだ。そういうのは一人でもう間に合ってる」

それでも銀竜は、頑としてずっとついてきた。

前日譚

捨てても帰ってくる生贄少女の話

そいつがやって来たのは、一年前のよく晴れた日のことだった。

宝物でも運ぶような護衛付きの馬車から、堂々と降りてきた姿を今でもよく覚えている。

「レーコと申します。本日よりここで働かせていただくことになりました。どうぞよろしくお願いします」

レーコと名乗ったその少女は、皺《しわ》一つないピカピカの給仕服を着ていた。

新しい使用人だ——と父は手短に説明したが、ライオットは早々にそれを疑った。

確かにこの家は村の祭事を代々取り仕切っているため、それなりに裕福な方である。

だが、奉納金も無限に湧いてくるわけではない。加えて近年は不作続きで村人たちの懐も寒くなっている。雇うにしても、村内の貧しい人に優先して職を与えるのが筋というものだ。

屋敷に迎え入れてから数日が経つうちに、この疑念はさらに深まった。

料理道具を見て曰《いわ》く「これは何に使うのですか」。

掃除道具を見て曰く「これは何に使うのですか」。

たとえ見習いだとしても使用人にはあるまじき知識の欠如である。使い方を教えればすぐに上達したのだが、使用人として連れてこられた割にはあまりにお粗末としかいいようがなかった。

「おい親父《おやじ》。何のつもりであの子を雇ったんだ？　人手なら十分足りてるだろ？」

募った疑念をぶつけたのは、レーコが来て一週間ほどが経った朝食の席だった。広々とした食堂で、父と二人だけで顔を突き合わせて。

「幼い頃に親を亡くした不憫《ふびん》な娘だと聞いてな。救貧院から引き取った。それに、物知らずではあるが仕事ぶりはなかなかだろう。このスープの味は不満か？」

数日で料理を覚えたレーコは、最近は張り切って朝食を作るようになっていた。味はベテランの使用人に勝るとも劣らない。

しかし、問題はそこではない。

「あのな親父、あんまりいつまでも俺をガキ扱いするなよ。あの子が乗ってきた馬車、あれが可哀想な孤児を運んでくる馬車か？」

それに、いちいち仔犬《こいぬ》を拾うような気分で孤児を養うほど父は篤志家でない。ライオットはフォークに刺したソーセージを齧《かじ》りつつ父を睨《にら》む。

やがて、父はふうとため息をついた。

「そうか。そうだな。お前もいつまでも子供ではない。ゆくゆくはこの家を継ぐ者だ。いずれは知らせねばならんと思っていたが……」

人目を気にするように辺りを窺《うかが》ってから、父は静かに語り出した。

「いいかライオット。よく聞け。今、この世界は危機に瀕《ひん》している。魔物の活動が過去に類を見ないほど激しくなり、人里への襲撃も増えている。この元凶が何か、お前も分かっているな？」

「そりゃあ、魔王だろ。世界中の強い魔物を集めて手駒にしているっていう……」

「そうだ。魔王という強大な存在が指揮することにより、魔物はよりその凶悪性を高めている。この村を、この世を平和とするためには、奴を討ち果たす必要がある」

「いきなり壮大な話でごまかすなよ。今はあの子の話だろ？」

「その話だ。なあライオット、この世で唯一――魔王を討ち得る存在に、お前も心当たりがあるだろう？」

そう指摘されて、ライオットは弾かれるように立ち上がった。

知らぬわけがなかった。そもそも、ライオットの一族が司祭としてこの地に根を下ろしたのは、そいつを鎮めるためだとされている。

「我が一族が祀《まつ》り鎮めてきた邪竜レーヴェンディア。奴を魔王にぶつける」

「おい、待てよ。あの子がそれとどういう繋がりがあるんだよ」

「邪竜は才ある若き人間の血肉を何よりの好物とするという。哀れなことだが、人類を救うための尊い犠牲と——」

ライオットはテーブルを両拳で叩《たた》いた。

「ふざけんな！　だいたい、あの邪竜こそ魔王軍の大幹部だって話じゃねえか！　そんな奴に生贄《いけにえ》を捧《ささ》げたって何の意味もあるか！」

「だが、あの邪竜はここ数百年の間、人間を襲っていない。それにかつては天地を支配したとされる大怪物だ。甘んじて魔王に従っているだけの存在とは思えん」

そう言った父は、腰から宝石飾りのついた短剣を抜いた。

「我ら一族の初代は、この宝剣であの邪竜に傷を負わせた。邪竜はそこに人間の可能性を見て、以来は殺戮《さつりく》を控えるようになったという。奴が初代の勇姿をまだ覚えているなら、交渉してみる価値はある」

もはやそれ以上聞こうとも思わなかった。ライオットは食堂を飛び出し、レーコを探して一目散に廊下を駆けた。

何が交渉だ。何が世界を救うだ。

父にそんな高尚な趣味がないのは息子であるライオットが一番よく知っていた。どうせキナ臭い事情があるに決まっている。

いずれにせよ、そんな事情のために女の子の命を犠牲にしてたまるものか。

「レーコ！」

ようやく見つけたレーコは、裏庭で薪割《まきわ》りに勤《いそ》しんでいるところだった。

「何でしょうか。朝食に至らぬ点がありましたでしょうか」

「違う。そんなことじゃない。いいからこっちに来い」

急いでレーコの手を引き、屋敷の馬小屋に走った。当然、父も黙ってはいない。何人かの使用人を連れて屋敷の勝手口から転《まろ》び出てくる。

「待て！　その娘をどうするつもりだ！」

「逃がすに決まってんだろ馬鹿親父め！」

一番の早馬を選んでレーコとともに騎乗する。手綱を引き、馬小屋の寸前まで来ていた追手の群れを強引に突っ切る。

「いいのかライオット！　その娘がいなくなれば、お前が生贄になるやもしれんのだぞ！」

「好きにしろ！」

そうなるのならば、それも司祭の家に生まれた運命である。

「……生贄？　私が？」

一気に駆けて村の門を抜けたとき、前に座らせていたレーコがふいに振り向いてきた。

「ああ、お前は騙《だま》されてたんだ。うちの親父は、お前を邪竜の生贄にするつもりでこの家に呼んだんだ」

「邪竜の生贄」

　ぴくっ、とレーコの耳が動いた気がした。物騒なフレーズに怯《おび》えさせてしまったか。

「ああ悪い。けど、もう大丈夫だ。街に着いたらこの馬を売って金にして、お前はもっと遠くに逃げると――」

「なるほど。使用人の仕事だけでは物足りないと思っていたのですが、そんな大役を用意してくださっていたのですか。それならそうと、早く言ってくださればよかったのに」

　ん？

　様子がおかしかった。レーコは口の端からフフフと忍び笑いを漏らしていた。

「……あのさお前、生贄の意味分かってるか？」

「食べられればよいのでしょう？　お任せください。これから美味《おい》しくなるようにしっかり努力いたします」

「いやいや、何言ってんのお前？　なんで乗り気なんだ？」

　言った後になって、はっとした。おそらくレーコは、告げられた事実のショックが大きすぎて一時的に錯乱しているのだ。そうに違いない。そうでなければこんな発言はしない。

「……怖かったんだな。でももう心配するな。ちゃんと安全なところに送り届けるから」

「その刻《とき》が来るのが楽しみでなりません……」

　どこか上の空でレーコは答える。その後も彼女はブツブツと独り言を呟《つぶや》いていたが、馬を全力で駆っていたためあまり聞いている余裕はなかった。

その日、レーコを安全な街に送り届けることができたのは、結局日暮れ間近になってからだった。


数日後。

殴られた青あざを目の周りにこさえたライオットは、しかし晴れやかな気持ちをたたえて朝を迎えた。

レーコと遠くの街で別れた後は、知り合いの辻馬車《つじばしゃ》にツケ払いを頼んで帰った。帰るなり父と殴り合いになって、さすがに大人には敵《かな》わずボコボコにされたが、精神的には勝ったと断言できる。

後から聞いたところによると、生贄を発案したのはライオットの家と反目している村長一派であったらしい。目に見えた成果もなしに毎年の奉納金をせしめる詐欺師——村会でそう罵られ、早急な実績を迫られたのだそうだ。

そこで生贄の槍玉《やりだま》に上がったのがライオットで、その身代わりに呼ばれたのがレーコだったという話だった。

下らない。生贄にするならしろ、と思う。

そのための司祭の一族である。初代と違って邪竜に挑めるほどの力はない。なら奉納金の代償として生贄くらいにはならねば村人に申し訳が立たない。

もちろん、恐ろしくはある。だが、だからといって無関係の女の子を身代わりにしようなんて許されるはずがない。

屋敷の聖堂に併設された折檻《せっかん》部屋で、ライオットは粛々と覚悟を決める。

家に帰ってからはここに監禁されたきりで、毎日少しのパンと水しか与えられていない。死への恐怖はさておき、今は腹の虫が大問題だった。

「ったく、このまんまじゃ邪竜に食われる前に骨と皮だけの鳥ガラになっちまうぞ――待てよ、まさかそれが狙いじゃねえだろうな。生贄失格になるほど痩せさせて村長に言い訳するつもりとか……」

嫌な予感にしばし不安を募らせたが、杞憂《きゆう》だった。

扉の下部に備えられた差し入れ口から、音もなく朝食の盆が滑ってきたのだ。しかも、今日はパンの他にスープの皿もある。

喜々として飛びついたライオットだったが、皿を覗《のぞ》き込んで固まった。

彩り豊かな具材の中でひときわ主張を放つ緑の粒。草っぽい青臭さがどうしても受け付けない、ライオットの唯一の苦手食材――緑豆がこれでもかというほど大量にぶちこまれていた。

「ライオット。これは罰と思って欲しい。私を大役から遠ざけようとした罰」

扉の向こうから聞こえた声にぎょっとした。盆の差し込み口から外に目をやると、そこには正座で佇《たたず》むレーコがいた。

「れ、レーコ!?　なんでここに!?　まさか親父たちに捕まったのか!?」

「自分で帰ってきた。馬の乗り方を覚えるのに苦労した。大変だった」

差し込み口の向こうのレーコが恨みがましい目でこちらを見た。

「ライオット。金輪際、私の邪魔をしないと誓って欲しい。生贄になるというかつてない大役に私はすごく滾《たぎ》っている。その名誉あるポジションを横取りなんて許さない」

相手はあどけない少女だというのに、なぜか強烈なプレッシャーが感じられて、反論もできなかった。念押しをして満足したのか、レーコはすたこらと去っていく。

しばし放心していたライオットだったが、やがて食事に手を付けた。

どうあれ、まずは体力を付けねばならない。

たぶんレーコは一人で追手から逃げることへの恐怖で自縄自縛になり、結局はここに戻ってしまったのだろう。ならば今度は、信頼のできる人間を見つけて、そこに保護を依頼するまでをせねばなるまい。

逃がしてやる隙はいずれまた見つかるはずだ。そのときのためにも、衰弱してしまうわけにはいかない。

スプーンを握り、意を決して具材を口に掻《か》きこんだ。

できるだけ息をしないようにしつつ口一杯に詰め込んで、ふとライオットは気付く。

「……美味いな、これ」

その後は、味わってゆっくり食べた。

あとがき

だいぶ昔から「いつか自分の作品が本になったらあとがきはどうするかなうへへ」などと妄想する癖があったのですが、いざそこに至った今は「そもそもあとがきって必要かな？」と考えを改めつつあります。なにしろ、ここまで書くのに三時間もかかりました。

はじめまして、榎本快晴《えのもとかいせい》です。

本作は、投稿サイト『小説家になろう』で掲載している同作品に加筆修正を加えたものです。感想やレビューで応援してくださった方々には本当に感謝の言葉もありません。

Ｗｅｂ版も更新継続中ですが、この書籍版では加筆部分に加え、しゅがお先生のかわいい挿絵がありますので、Ｗｅｂ版を既読の方でも楽しめる内容になっているかと思います。

また、現在発売中の月刊ガンガンＪＯＫＥＲ二月号から本作のコミカライズが連載開始となっています。ムロコウイチ先生の描く派手なアクションシーンをぜひご覧ください。

駆け足となってしまいましたが、最後に。本作を読んでくださり本当にありがとうございます。願いが叶《かな》うなら、また別のあとがきでみなさんに会えたらと……。

……なんだかそう考えると急にあとがきがいいものと思えてきたので、人間というのはつくづく現金なものですね。

榎本快晴

齢《よわい》5000年《ねん》の草食《そうしょく》ドラゴン、いわれなき邪竜認定《じゃりゅうにんてい》
~やだこの生贄《いけにえ》、人《ひと》の話《はなし》を聞《き》いてくれない~

著　榎本快晴《えのもとかいせい》

角川スニーカー文庫　20758

2018年2月1日　初版発行

発行者　三坂泰二

発　行　株式会社KADOKAWA
〒102-8177 東京都千代田区富士見2-13-3
電話　0570-002-301（ナビダイヤル）

印刷所　株式会社暁印刷
製本所　株式会社ビルディング・ブックセンター

Printed in Japan　ISBN 978-4-04-106530-3　C0193

★ご意見、ご感想をお送りください★

〒102-8078 東京都千代田区富士見 1-8-19
株式会社KADOKAWA　角川スニーカー文庫編集部気付
「榎本快晴」先生
「しゅがお」先生